KB111177

인간의 　제로는　　ビッチマグネット　　뼈

인간의 제로는 뼈

ビッチマグネット

마이조 오타로 장편소설
정민재 옮김

민음사

차례

1

"정강이는 얼마든지 갉아먹어도 상관없지만······."*

엄마가 말한다.

"마음을 갉아먹히면 아프고, 괴롭고, 고통스러운 법이야······. 마음이라는 건 갉아먹힌 만큼 깎여 나가는 법이란다."

식탁 위에는 토요일의 점심 식사를 하고 남은 그릇이 깨끗하게 정리되어 있다. 의자에 앉아 있는 엄마는 비쩍

---

* "脛をかじる"(정강이를 갉아먹다.)라는 말에는 '부모에게 얹혀 산다.'라는 의미가 포함되어 있다. 이하 주석은 모두 옮긴이 주이다.

말랐는데, 나는 식탁 너머로 아 그런가, 엄마는 마른 게 아니라 줄어들어 버린 것이라고 생각하고는, 그 말의 진짜 의미에 무서움을 느꼈다.

엄마의 마음을 갉아먹고 있는 사람은 아빠와 토모노리다. 아빠는 그 무렵 시도 때도 없이 바람을 피우고 있었다. 매일매일 카레만 먹을 수는 없잖아 하고 아빠는 말했더랬다. 가끔은 햄버거나 고야 참프루*가 먹고 싶어질 때도 있다니, 그런 틀에 박힌 이야기는 어디서 배워 온 걸까?

재수 없는 비유들.

고야 참프루는 중학교 1학년인 내가 알 리가 없었지만 나는 아빠가 바보인 것만은 잘 알고 있었다. 여자를 일품 요리에 비유하다니 바닥이 얕다고나 할까, 인간이 무엇인지를 모르고 있다. 엄마뿐만 아니라 모든 여자, 그리고 인간은 한 가지 모습으로만 존재하지 않는다. 억지로 식사에 비유해서 말하자면 적어도 한 권 분량의 두꺼운 메뉴판 정도는 될 것이다. 카레도 나오고 햄버거도 나

---

* 고야(여주)와 양배추, 햄 등을 볶아서 만드는 오키나와의 요리.

오고 고야 참프루도 나오고, 뭐든지 튀어나온다. 물론 일본 음식, 중화요리, 프랑스 요리, 이탈리아 요리, 만드는 사람과 가게에 따라서 음식의 종류가 다양해지고 가게의 분위기나 고객들의 취향도 달라지겠지만…… 카레라니, 그런 매일 먹을 수 있는 단순한 요리는 아닐 테다. 게다가 인도인은 매일 다양한 카레를 먹고 있잖아? 세상에는 다양한 재료와 조미료가 있으니까 향신료의 왕국에 사는 인도인이라면 다채로운 카레를 만들 수 있을 거다.

뭐, 나까지 카레에 집착해서 말할 필요는 없겠지만.

아무튼 나는 어딘가에서 주워들은 듯한, 아빠의 깊이 없는 말을 듣는 게 너무 싫었다. 다시 떠올리는 것도 싫지만 예컨대 나는 배요, 당신은 나의 항구니 같은 말들. 아빠의 그런 말을 눈감아 주는 엄마를 봐 온 탓도 있는지, 나는 연애와 결혼은 바보들이나 하는 바보 같은 행위라고 생각해 버리곤 했고, 그런 화제에 낄 수조차 없어지자 친구를 사귀기도 어려워졌다. 하지만 잘 생각해 보면 초등학교 1학년부터 시작되었던 여자애들끼리의 연애 이야기에는 애초에 흥미가 없었으니 친구를 사귀기 어려웠던 데에는 다른 이유가 있었을 거다. 줄곧 잘난 척을 한다거나 건방지다거나 하는 말을 들었으니 나의 태도가 문제였을지도 모르겠다. 그렇지만 내 태도는 문제도 단점도 아니다. 친구를 사귄다거나 못 사귄다거나 하는 건 아무래도 좋을 문제다. 나의 이런 태도가 나쁘다는 거겠지만.

토모노리는 반항기였다.

토모노리는 흔해 빠진 데다 재미없는 말로 나를 열받게 만들었는데, 그보다도 패턴대로의 삶이라고 할까, 진부하면서도 남에게 민폐까지 되는 삶의 방식만이라도 어떻게 안 되는 걸까……. 재미없는 패턴에 조금이라도 저항해 봐. 궁리해! 자신을 바라보면서 다시 생각해 봐! 책을 읽어! 무엇이 진부하고 깊이가 없는지, 이야기를 읽지 않는 인간에게는 이해될 리가 없다.

토모노리가 소설책을 펼치고 있는 모습을 한 번도 본 적이 없다. 아빠의 책장을 봐도 제대로 된 책은 한 권도 없다.

그러나 나는 아빠에 대한 마음과는 달리, 토모노리를 좋아한다.

장녀로서 남동생을 지켜야 한다는 마음가짐이 깊은 바닥에 조용히 깔려 있어, 그것을 잘라내는 것은 불가능하다. 보다 정확히 말하자면 내 머릿속에는 아빠와 엄마의 이혼 가능성이 떠오르고 있기 때문에 예상대로의 일이 벌어졌을 때 남동생과는 헤어지고 싶지 않다는 대비의 마음가짐이 강한 것 같다.

부모는 자식보다 일찍 죽는다.

부모가 재혼해 버리면 나 이외의 새로운 가족을 만들거다. 나는 혼자가 되고 싶지 않아.

형제라면 곁에 있는 것만으로도 관계가 완전히 무너지지는 않는다.

이런 마음 때문일까. 나는 중학생이 되어서도 한 살 어린 토모노리와 같은 이불을 덮고 잔다.

우리는 이야기를 나눈다. 다른 사람이 들어와 있는 이불은 따뜻하고 뜨끈뜨끈해서, 나와 동생은 좀처럼 잠에 들지 못한다. 이야깃거리는 언제나 넘쳐흐른다. 초등학생 시절에는 계속 티브이나 만화 이야기를 했지만 토모노리가 중학생이 되고, 엄마가 불러도 제대로 대답도 하지 않고 "다우다우다우" "와이이?!"라며 (내가 주의 깊게 듣지 못한 탓도 있겠지만) 대체 무슨 이야기를 하는 건지 모를 의미불명의 괴성을 내지르게 된 이후로는 이불에 들어가서 그 원인을 듣거나 설교를 하거나 말싸움을 벌였다.

하지만 효과는 없었고 매번 내 눈물로 이불이 젖는 게 싫어서 그만두었다. 이제는 티브이도 만화도 같은 작품을 보지 않으므로 우선 학교 이야기부터 시작. 친구에 대한 이야기를 나누다, 그런 이야기도 점차 소재가 사라져 매일 보고하는 것도 질릴 무렵에, 우리의 이야기는 슬슬 적정선을 넘는다. 이상한 창작 이야기가 섞여 들어간다.

내가 중학교 3학년이던 가을 무렵, 토모노리가 밤의 노선에 대한 이야기를 꺼낸다.

신주쿠부터 출발하는 케이오 선은 조후 역에서 분기하여, 한 방향은 그대로 쭉 이어져 하치오지로 가고, 다른 방향은 사가미하라 선으로 이름을 바꾸어 타마 방향으로 빠지는데, 토모노리는 막차까지 지나간 새벽 3시 무렵에 조후 역 옆에 있는 큰 쪽 건널목부터 철도 노선에 올라타 주택가를 거쳐 타마 강을 건너 케이오 선 이나다 즈츠미 역까지 산책하는 것이 꽤 재밌다고 말한다.

"너 언제 그런 모험을 한 거야?"

"밤중에."

"그게 알고 싶은 게 아니라 언제. 너 나하고 여기서 자고 있었잖아."

"안 자고 있을 때도 있잖아. 게다가 누나가 잔 다음에도 가능하고."

"정말? 침대에서 빠져나와서? 안 돼. 그런 식으로 밤 늦게 돌아다니면 위험해."

"어차피 아무도 없는걸. 게다가 아침도 가깝지, 위험할 건 없어."

"아무도 없으니까 위험한 거 아냐? 아무도 안 본다고 생각해서 나쁜 짓을 하려고 하는 어른이 있을지도 모르니까."

"괜찮다니까. 그게 중요한 게 아니라 밤과 새벽의 철도 노선이 꽤 좋다는 뜻이었어."

"뭐가 좋다는 건데?"

"선로 그 자체."

"……."

"새벽 3시면 여름이라도 아직 어둡고 조용한 시간이
고 집과 창문이 전부 철로의 반대쪽을 보고 있긴 하지만,
그래도 깔려 있는 자갈들을 밟으면 카랑 코롱 울려서 시
끄러울 테니 되도록 레일이나 침목 위를 걷거든. 걷고 있
자면 리듬에 올라타는 느낌이 좋단 말야. 침목 침목 레
일, 침목 레일 침목 레일 레일 레일 레일 침목……."

아마 토모노리의 상상이거나 친구로부터 들은 이야
기를 멋대로 부풀린 거겠지, 하고 나는 생각했다. 싱글베
드, 한 이불에 들어가 있으므로 토모노리가 이불에서 나
갔는데도 내 눈이 뜨이지 않는 경우는 없을 것이다.

침목과 레일을 리드미컬하게 밟으며 걷는 토모노리
의 이야기를 이상하게 주의 깊게 들었기 때문일까, 나는
그 이후, 이야기를 들은 밤이 아니라 며칠 더 지나서, 밤
의 노선에 대한 꿈을 꾼다.

시나가와 방면 도로가 사가미하라 선 밑을 따라 지나
가는 지점, 나는 한밤중 노선 옆에 서서 허리 높이의 펜
스에 상반신을 기댄 채로 어두컴컴한 선로를 응시한다.

일출이 가까워지고 있지만 저항하는 밤 덕분에 하늘

에는 암흑이 고여 부풀고 있다. 짙은 어둠 속, 불빛이 사라진 집들이 노선을 가운데 두고 양쪽으로 벽처럼 늘어서 있어, 케이오타마가와 역의 플랫폼도 암흑에 묻혀 보이지 않는다. 이쪽으로 소리 없이 접근하는 것 같은 불쾌한 어둠의 반대편에서 나는 위험한 기운을 느낀다. 토모노리, 잘도 이런 곳을 기쁘게도…….

그 순간, 어둠의 벽 너머로부터 푸슛 하고 막대기 뽑는 소리가 들리고 빨간 빛의 꽃이 피더니 잠시 후 팡 하고 화약이 터지는 소리가 들린다. 불꽃놀이다. 케이오타마가와 역의 건물은 여전히 보이지 않는다. 하지만 소리를 신호 삼아 불쾌한 암흑 저편에서 인기척이 느껴진다. 나는 토모노리를 찾아서 이 노선에 온 게 아닌 걸까? 잘 모르겠다.

두 번째 불꽃은 없었지만 누군가 멀리서 놀고 있는 것 같은 느낌만은 확실한 것 같으니, 그럼 토모노리가 저쪽에 있는지 없는지만 확인해야겠다 싶어 펜스를 타고 넘어 자갈을 밟았다. 돌끼리 서로 마찰하는 소리가 예상 외로 갸─앙! 하고 크게 울려 놀랐다. 이건 분명 밤의 조용하고 차가운 공기 속에서 돌의 결정 따위가 딴딴하게 얼어붙어 민감해진 거야. 잠에서 깬 누군가에게 발견되면 위험할 테니 나는 토모노리가 말한 대로 레일 위에 올라탄다.

올라가고 나서 안 사실이지만 발을 딛는 방법에 따라서 레일 역시 퐁! 하는 소리를 냈다. 평균대 같은 레일 위로는 역시 걸어가기가 어려워 나는 침목 쪽으로 내려갔다. 그러자 침목도 나의 체중으로 인해 가라앉은 탓인지 세로축으로 살짝 기울어지며 밑에 깔린 자갈을 쟈앗 하고 누른다.

이런 이런 이런.

인간이 움직이면 뭘 해도 소리가 나게 되어 있다.

그렇지만 토모노리도 이곳에 몇 번이나 왔다 갔다 했고, 분명 노선 위를 걷는 사람이 듣는 만큼이나 소음이 크게 울리지는 않을 거다. 나는 신경 쓰지 않고 계속 걷기로 했지만 곧 암흑의 한가운데에서 생각을 고친다.

불꽃놀이를 하고 있는 사람은…… 그러니까 이 노선의 저편에 있는 것은 내 친구나 지인이 아니다. 토모노리도 저곳에는 없다. 이 노선을 지나서, 만약 노선을 지난다고 하면, 저편에 존재하는 사람은 나와 관계가 없는 사람이다. 어쩐지 스스로가 바보 같은, 그것도 아니면 무서워진 기분…… 나는 걸음을 멈추고 걸어왔던 노선으로 돌아가기로 한다.

쟈, 쟈, 쟈, 쟈……. 침목을 느리게 밟으면서, 자갈이 울리는 소리에 집중하지 않으려 한다.

방금 타고 넘었던 펜스 앞을 지나쳐 큰 커브를 그리는 사가미하라 선으로 가니, 조후 역 바로 앞은 본선과 합류하기 위해 노선 주변의 땅도 넓어지고 주택가도 멀어져 병원과 파르코(대형 마트)밖에 보이지 않는다. 나는 더 이상 발소리를 신경 쓰지 않을 뿐 아니라, 자갈을 살짝 밟을 때마다 크게 울리는 소리를 오히려 즐기고 있다. 쟈가! 무고! 구쟛! 이갸!

어디를 밟아도 다른 소리가 들린다. 모양이 다른 돌들이 서로 엇갈려 쌓여 있다. 내가 발을 내려놓는 방법도, 발걸음마다 가해지는 힘도 무게도 각도도 다를 것이다. 문득 기차가 다가오는 느낌에 나는 뒤를 돌아본다. 불빛이 사라진 택지 위 하늘은 군청색으로 물들어 있다. 새벽이 가까워졌다. 맑은 밤하늘에 좀 전까지는 보이지 않던 별이 보인다. 새벽이 다가오는 밤하늘에 사각형으로 길게 연결된 기차의 어두운 실루엣이 나타나고, 하늘로 올라간다. 이제 불꽃은 없고, 조용한 밤하늘에 끌려 올라가듯 소리도 없이 상승하는 밤의 기차. 창으로 보이는 불빛이 없으니 아무도 타고 있지 않은 것처럼 보인다. 기관사도 보이지 않는데, 어쩌면 수많은 사람들이 어두운 시트 위에 눈을 감고 침묵을 지키며 앉아 있는 걸지도 모르겠다.

토모노리가 저곳에 없기를 바라며.

2

철로를 걸어가는 것 자체는 꽤나 즐거웠는데, 왜 그 경험에 다소 불길한 상상이 딸려 들어갔던 걸까?

인간으로 하여금 싫어하는 대상을 떠올리도록 하는 것은 무엇일까?

순수한 불안?

모르는 것들이나 알 수 없는 사실들이 많기 때문에 인간은 늘 불안하다. 그 불안은 일어나지 않은 사건을 생각하게 만들고, 나쁜 예상을 하게 만들며, 현실에서 벌어질 일이 없는 황당무계한 공상으로 인간의 기분을 어둡게 만든다.

괴롭고 힘들지만, 그렇다고 해서 상상을 그만두어야 하는 걸까?

인간의 몸과 마음의 기능에는 그것들이 있어야 할 마땅한 이유가 있을 거고, 그중 불안을 느끼는 기관은 나를 보호하는 중요한 경보 장치일 것이다. 몸속에 배치되어 있는 통점이 반사 신경과 연동되어 큰 부상으로부터 나를 보호하는 것처럼, 분명 여러 가지, 별것 아닌 것들에 대해 불필요한 불안을 느끼는 것이 언제나 알 수 없는 피해로부터 나를 지켜 주고 있을 거라고 생각한다.

그래. 좋다. 불안을 전혀 느낄 수 없는 것보다는 안전하다고 할 수 있다. 중요한 능력이다. 필요한 장치가 내 안에 장착되어 있다고 믿으며 자연스럽게 불안해하면 그것으로 충분하다.

등에 붙어 있는 가공의 얇은 털을 음 하고 쓰다듬거나 얍얍 하고 잡아당기는 자신의 불안을 우선 인정하기로 하고 다시금 되새겨 보면 밤과 새벽의 철도 노선은 꽤나 재미있는 풍경이었다.

밤바람 특유의, 습기로 가득한 들의 냄새.

어둠 속에서 잡초가 조용히 몸을 굽히고, 자갈을 밟으며 접근하는 내가 지나가기만을 누군가 기다리고 있는 것 같은 농밀한 공기. 완전한 어둠에 한 걸음 한 걸음 가까워지면, 그곳에는 무서운 건 전혀 없고 한 걸음 앞의 세계와 전혀 다르지 않은 세계가 계속 이어질 뿐이라고, 수십 센티미터마다 거듭 확인해 나가는 듯한 보조와 리듬. 한 걸음 한 걸음 안도감을 느낄 수 있는 이 모험은, 도쿄에서는 밤의 노선에서만 가능한 경험이 아닐까?

나는 밤의 철도 노선에 대한 꿈이 마음에 들기 시작한다.

실제로 그곳에 가 보고 싶다고는 생각하지 않지만.

그건 벌써 '이야기'로써 내 안에서 경험해 버린 일이니까. 물론 실제로 오전 3시에 사가미하라 선에 가 보면 내가 생각하지 못한 발견이나 체험이 있을 거다. 그러나 그런 디테일을 일일이 확인할 필요는 없다. 역으로 그런 시도는 불필요한 정보로 내 눈을 어둡게 만들고, 내가 읽어 내야만 하는 중요한 정보를 알아챌 수 없게 할 뿐이다.

어떤 종류의 경험은 이야기나 공상만으로도 충분하다.

그 이후로 밤의 철도 노선은, 무섭다고도 싫다고도

혹은 편하다고도 말할 수 없는, 종종 꾸는 꿈이 된다. 세부적인 디테일은 다르지만 대체로 나는 정체불명의 불안을 느끼면서 노선에 서고, 눈을 뜨면 카타르시스라 말할 수 있을지 모를, 외로운 느낌에 안심한다.

3

토모노리는 히노 쪽에 집이 부자인 친구가 한 명 있는데, 우치야마라고 나도 알고 있는 녀석이다. 우치야마의 할아버지가 반 년 전 3주 동안 일곱 살의 암컷 기린을 빌려와 자택에 두었다는 이야기. 넓은 정원에 커다란 동물을 풀어놓고 싶어서 데려온 것인데, (그런 렌털 서비스 같은 게 존재하는 모양이다.) 우치야마는 할아버지로부터 기린에 대해 소문 내지 말라는 말을 들었으면서도, 토모노리는 반 친구들 몇 명과 함께 우치야마의 초대를 받아 집에 몰래 놀러갔다고 한다. 등롱과 정원석이 놓여 있는 일본식 정원의 잔디 위를 거니는 기린. 쌓여 있는 돌이나 흙, 잘 관리된 연못이 산이나 바다의 모양을 하고 있는 탓에 기린이 더욱 크게 보여 연못 수면에 비치는 거꾸로 된 기린이 대단했다고, 토모노리는 말했다.

"쥐라기 공원이었다니까."라고 말하는 토모노리.

"닷 텐 닷 텐 다다다—다 다다 닷—텐……."하며 나는 영화의 주제가를 부른다. "그런데 기린은 아프리카에서 왔잖아. 엄청나게 어색하지 않았어?"

"아니. 멋졌어."

"똥도 눌 것 같은데?"

"음, 우치야마 집에서는 기린을 자유롭게 풀어 둔다고 하더라. 정원에 자유롭게 내버려 두는 게 애초에 그거였으니까, 콘셉트. 있는 그대로의 모습."

"뭐, 그런 것도 좋겠지."

"그런데 아니나 다를까 냄새가 나서, 하루에 네다섯 번 정도는 배설물을 전부 치우고 청소한다고 하더라."

"정원에서 냄새가 나는 건 곤란하지. 청소도 힘들 것 같은데."

"그런데 웅대했어. 연못의 물을 마실 때, 기린이 앞

발을 쭉 하고 넓히거든. 꿀꺽꿀꺽 소리를 내면서 마시더라."

"기린 몸도 만졌어?"

"못 만져, 무서워서! 위험하니까 가까이 오지 말라는 말을 들었고."

"그래."

"뭐 그래도 다리 밑을 지나가 보긴 했어."

"오. 대단한데."

"당연하지. 쥐라기 공원이니까. 맨 처음 브라키오사우르스가 나오는 장면과 똑같이 밑에서부터 위를 보고 싶어지잖아."

남자아이와 공룡 사이에는 무슨 관계가 있는 걸까?

"나라면 가까이 못 갔을 것 같아……. 발로 차이면 어떻게 하려고."

"맞아. 반드시 발로 찬대."

"거 봐. 너는 그런 데를 잘도 들어가서는."

"글쎄. 내가 말하고 싶은 건 기린이 멋지다는 게 아니라 그때 벌어진 일인데, 잘 들어 봐."

"뭔데?"

"기린 다리 사이로 들어가서 이렇게 엎드린 채 올려 다봤거든? 기린 배에 누군가 매직 같은 걸로 쓴 낙서가 있었어. 오른쪽 다리 허벅지 쪽에."

"……."

"거의 지워진 채였지만. 뭐라고 써 있었을 거 같아?"

"응?"

"이런 걸 퀴즈로 낼 수는 없겠지만."

"뭔데?"

"그게, 작은 글씨의 영어로 '뱀프스 어 리얼.'이라고 적혀 있었어."

"뭐야 그게. '뱀프스'가 뭔데?"

"VAMP야. VAMPIRE의 약자."

"으응……? 뱀파이어라니……."

"흡혈귀."

"리얼은?"

"실제로 존재한다는 거지."

"……."

"'흡혈귀는 실재한다.'라고 적혀 있었다니까, 기린의 허벅지에. 무섭지 않아?"

"그런 글씨가 왜 적혀 있는 거야?"

"역으로 말하면 거기밖에 적을 곳이 없던 게 아닐까. 정보도 정보 나름이니까."

"아."

"누군가가 읽었으면 하는 게 아니라, 일단 적고 보자고 생각했겠지."

"……."

"좀 무섭지."

"무서워……. 정말이야?"

"진짜라니까."

"장난치는 거 아냐?"

"누군가의 장난일 수도 있겠지만, 하필이면 기린 허벅지에 그렇게 써 있다니 조금 믿고 싶어진다고 해야되나. 대체 누가 그런 곳에 무의미한 낙서를 하냐는 말이지."

"그러게."

"그렇잖아?"

이야기의 리얼리티라는 것은 말하는 사람에 달려 있다. 그러니까 기린 허벅지에 말이지.

그런 장소에 적혀 있는 글이라면 믿을 수밖에 없다는 건가. '일본 정원의 기린'이라는 비현실에 '흡혈귀'라는 비현실이 더해지면, 비현실에도 리얼리티가 생기는 것 같다.

4

만약 큰 돈을 가지고 있다면 어디에 쓸 거야? 이런
If 놀이가 우리의 이불 속에서도 벌어진다.

백억 엔이 있다면……. 나는 고민해 보지만, 그렇게
가지고 싶은 건 없는 것 같다. 내 친구들만 모인 학교를
만드는 것도 재밌을지 모르겠다고 상상해 본다. 하지만
학교에는 다양한 사람이 있으니까 재미있는 것이다. 친
구들 뿐이라면…… 싸우면 힘들겠지. 그리고 새로운 만
남도 없다는 말이고. 서로 알고는 있지만 대화를 나눈 적
은 별로 없는 반 친구와 수업에서 만나 처음 대화를 하면

서 아 이런 친구였구나 하는 발견을 하거나, 첫인상과 다르다는 걸 문득 깨닫거나, 그런 게 재밌고 즐거워서 좋은 거다. 좋아하던 것과 알고 있는 것만 있으면 재미없다.

외국에도 나가 보고 싶지만, 그저 뭔가를 보고 돌아올 뿐이라면 지금은 갈 필요가 없다. 나는 고등학교 1학년이고, 나의 인생에서 뭘 하고 싶은지 아직 잘 모른다. 그러니까 먼저 찾아내고 싶다. 내 머리로 생각하고, 내 기분을 확인하고 싶다. 공부를 하고 싶다. 세계에 나가 다양한 것들을 보고 다양한 사람과 만나는 것도 중요한 공부겠지만 지금 내게 필요한 건 진학이나 취직에 영향을 주는 자잘한 학교 공부다. 국어, 수학, 영어, 이과, 사회 같은 과목이다. 아무리 많은 돈을 가지고 있어도 머리가 좋아지는 것은 아니다.

돈을 이용해서 뛰어난 과외 선생님을 둘 수도 있다고 하면……. 확실히 고마운 일이겠지만, 괜찮다. 그런 건 원하지 않는다. 나는 내게 있는 향상심에 의해 움직이며 그때그때 주어지는 상황 속에서 스스로 얼마나 노력할 수 있는지를 시험해 보고 싶다. 만약 이게 정체불명의 백억 엔이 아니라 내가 번 돈이라면 상황을 더 나은 방향으로 바꾸기 위해서 어떠한 주저도 없겠지만. 만약 그 백억 엔이 내가 번 돈이라면 다시 말해 나는 백억을 벌 수 있는 상황에 있는 것이고, 그 상황에서도 돈을 더 사용해 더욱 좋은 환경을 만들고 싶다고 생각하게 될지는 잘 모르겠다.

나를 위한 백억 엔이라는 건 쓸 데가 없다.

돈을 필요로 하는 사람에게 나눌 수도 있겠다. 빚을 진 사람을 도와주고 싶다고는 생각하지 않지만, 병을 치료하기 위한 돈이 부족한 사람이나 소질이 있는데도 학교에 가지 못하는 사람에게는 그 사람이 필요로 하는 만큼 돈을 주어도 괜찮다. 또는 공익을 위해 어떤 큰 연구나 사업을 하고 있는 사람에게 투자하는 것도 유의미하다. 병원을 짓거나 도서관을 짓거나 연구소를 짓거나 박물관을 짓거나.

"아."

나는 말한다.

"뭐야."

"성을 짓고 싶어."

"뭐라고? 신데렐라 성 같은 거? 공주님은 이 세계에 존재하지 않는다고."

"아니, 일본의 성 말이야. 에도성 같은 성. 내가 예전부터 생각해 온 건데, 일본의 수도에 성이 없다는게 좀 쓸쓸하지 않아? 도쿄 타워뿐만 아니라 에도성이 조명을 받아 보인다면 좋을 텐데."

"어디에 지을 건데?"

"황거*가 좋지 않을까? 원래 그 자리에 해자라거나 모든 것들이 있었으니까."

"황거에는 천황이 살고 있잖아."

"아 그런가. 그럼 안 되는 거야?"

"불가능하지. 황거에는 천황이면 충분해. 도쿠가와가나 이런 사람들을 어떻게 할 거냐는 문제도 있고……. 나도 잘 모르겠지만서도."

"음…… 아쉽다. 근데 좋지 않아? 에도성 재건축."

"뭐, 성을 짓고 싶다는 마음은 잘 알겠어. 백억 엔이 있어도 지을 수는 없겠지만 말야."

---

* 도쿄도 치요다 구에 위치한 곳으로, 천황 가족이 거주하고 있는 정원을 포함한 넓은 일대를 말한다.

"그건 그래. 1조 엔? 얼마나 많은 돈인지도 잘 감이 안 잡히네. 1조 엔이면 백억 엔이 백 개 있는 거지. 그렇게 생각한다면 가능할 것 같기도 하고? 역시 안 되려나."

"천수각만 지으면 가능할 걸."

백억 엔이 갑자기 1조 엔이 되었지만, 내 이야기가 산만한 탓이 아니라 토모노리가 뭔가 다른 생각을 하고 있는 것 같다.

"토모노리는?"

"응?"

"백억 엔 있으면 뭐 할래."

"나는……."

"……."

"아빠 애인에게 줄까 해. 연을 끊기 위한 돈으로, 1억 엔부터."

토모노리는 농담을 하는 것처럼 웃고 있다.

"그나저나, 갑자기 1억 엔을 주는 경우는 없겠지. 지금은 백억이 있다고 가정해서 펑펑 쓰는 거니까. 보통 얼마를 줄까? 1천만 엔 정도? 좋아하는 사람과 헤어지기 위해서 사람은 얼마의 돈을 요구할까. 누나는 말야, 얼마를 받으면 남자 친구와 헤어질 수 있어?"

"음…… 잘 모르겠어."

"사실은"이라고 말하는 토모노리의 웃음이 이불의 어둠 속에서 나타났다가 사라진다. "돈을 줄 필요는 없지. 불륜은 위법이니까."

"그런 거야?"

"당연하지. 헤어져야 돼."

"근데 연애에는 합법도, 불법도 없다고 생각하는데……."

"있어. 누나 바보야? 당연히 있지. 사람의 감정에도 법률은 작동할 수 있어."

"……."

"연을 끊는 대가로 지급하는 돈은 이쪽의 호의야. 도와주는 셈이거든."

없는 돈으로 호의를 베푼다거나 하는 건 말이 안 되지만, 그건 그렇다 쳐도…….

"돈으로 여자 친구를 쫓아낸다고 해도 아빠가 품었던 감정은 돌아오지 않잖아. 그러면 무슨 의미가 있어?"

"있어. 당연히 있지. 적어도 집으로 돌아오기는 하잖아."

"집으로 돌아온다는 건가."

"돌아오게 만들어. 그렇게 할 수 있다면 돈을 써 가면서 누군가를 고용하고, 억지로 데려올 거야."

"나는 아빠하고 다시 같이 살고 싶은 걸까?"

"우리가 살고 싶은지 어떤지는 중요하지 않아. 반드시 같이 살아야만 하는 거야."

"그런데 나가고 싶다는 사람을 억지로 집에 가두는 것도 좀."

"나라고 해서 이 집에서 살고 싶어서 사는 건 아니고, 우리가 서로를 좋아해서 가족이 된 것도 아니야. 가족이나 가정이라는 건, 그건 기분이나 선택의 자유와는 관계가 없다고 생각하거든. 아닌가?"

"글쎄…… 모르겠어."

"다르지 않을 거야."라고 토모노리는 단언한다.

"가족은 일종의 형태니까, 거기에 맞춰 지내야 한다고 생각해."

"그런 식으로 아빠가 집으로 돌아온다고 쳐. 그렇다고 아무 일도 없었던 것처럼 지낼 수는 없잖아. 엄청 불편하지 않을까?"

"불편한 건 상관 없어. 우리가 아무런 일도 없던 것처럼 지낼 수 없다는 것은 나도 잘 알고 있으니까. 일단 같이 있는 거야."

"그렇게 되면 우리는 어떻게 될까?"

"뭐가?"

"나와 토모노리와 엄마, 아빠는 어떻게 돼? 어딘가에서 다시 사이좋게 지낼 수 있어? 아빠가 한 짓을 용서하고, 어떤 식으로든 서로를 사랑하게 된다고 장담할 수 있어?"

"내가 알 리가 있나."

"그래도."

"무언가 이렇게 되어야 한다는 목표나 이상이 있어서 이야기하는 게 아니라니까. 나도 기대하는 바는 없거든? 아빠나 엄마, 심지어 누나한테도."

"……."

"되어야 마땅한 대로 되겠지. 애초에 가족은 반드시 사이가 좋아야 한다는 법도 없잖아. 가족이니까, 가족이라서 상대방이 한 짓을 무조건 용서해야 하는 것도 아니고. 반대로 싸움질만 한다거나 험악한 분위기라도 상관 없는 거지. 분위기가 나쁘고 같이 있으면 불편하다고 해서, 그걸 견딜 수가 없어서 용서하면 안 되는 행위를 용서하는 건 잘못된 일이야. 분위기를 나쁘게 하고 싶지 않아서 중요한 이야기를 안 한다거나……. 학교가 아니잖아. 가족을 상대로 본심을 고백할 수 없다면, 다 끝난 거 아니야?"

"네 말이 맞을지도 모르겠지만, 친한 사이라도 예의를 갖춰야 하고, 뭐든지 솔직하게 말한다고 좋은 게 아니라는 말도 있으니까."

"그건 그렇지. 매너나 델리커시나, 에티켓이나. 그런데 그런 예의범절 이전에 가족이라는 건 같이 있어야만 하는 거야."

"하하." 무의식적으로 웃음이 나왔다. "도대체 왜 그렇게까지 가족 관계에 집착하는 건데?"

"집착이라고? 난 고집 부린 적 없어. 당연한 일이라고 생각할 뿐이야."

"당연한 일이라고 정해진 것도 아니잖아. 가족에도 여러 형태가 존재하는 거니까."

"누나가 말하는 건 현실의 이야기고. 우연히 실제로 존재하는 가족들 말이지. 하지만 내가 말하는 건 원칙과

원리에 관한 이야기야. 이상 같은 게 아니라고. 그렇게 되면 좋겠구나, 그런 것이 아니라 그렇게 되어야만 한다는 이야기."

"알았어. 알았어."

"알았어, 알았어라니……. 누나는 아빠를 완전히 포기했을지도 모르겠지만, 그건 누나 멋대로 마음먹은 것일 뿐이고 우리의 이상한 상황은 전혀 나아진 것 없이 그대로야. 어쩔 수 없는 일이라고 받아들이는 건 누나뿐이고 지금 결론 난 건 없어. 지금 누나가 하고 있는 행위는 전선에서 이탈하는 것과 같아."

"전쟁을 하고 있는 게 아닌데."

이렇게 대답하는 게 최선이라서, 가슴이 보이지 않는 손에 꾹꾹 눌리는 느낌이라서 괴로웠다.

토모노리는 '가족'이라는 것에 굉장히 신성하고 모든 것의 대전제가 되어야 할, 의심의 여지가 없는 절대적 가치를 부여하고 있지만, 그건 토모노리의 생각이지 나의 생각은 아니다. 가족의 어떤 점이 그토록 소중한지 나는 잘 모르겠다.

이런 어긋남이 우리가 가족이 아니라 타인이라는 증

거가 된다.

서로 다른 인간인 것이다.

피는 다른 가족과 우리를 구분지어 주는 것일 뿐, 우리를 서로 이어 주는 것은 아니다. 그저 우리를 둘러싸고 있는 거다……. 이런 생각은 나를 고독하게 만들지만, 나를 정말로 곤혹스럽게 하는 건 토모노리가 이야기하는 내용의 솔직함이다.

응? 형제자매라고 해도 이런 식으로 솔직하게, 자신의 감정이나 생각을 감추지 않아도 되는 거야? 생각한 것을 전부 털어놓아도 되는 거야? 본심이라는 이유로 털어놓은 말을 내가 받아들이지 않으면 안 되는 거야? 이런 이야기를 듣지 않을 수는 없는 거야? 무엇보다 인간이 이렇게 자신의 감정을 드러내도 상관없는 걸까?

솔직하게 말하는 것이 언제나 옳은 걸까?

자기 감정을 상대방에게 잘 전달할 수 없는 성격은 바꿔야 하는 것일까?

지금 생각하는 것을 말하고 싶지 않다는 건 잘못된 걸까?

나의 언어는 몸 안에서 바깥으로 도망치고 말았다.

늑골 사이에서 슉 하고 등 쪽으로…….

누군가의 솔직한 본심이 완전히 드러난 이야기는 나를 두렵게 한다. 분명 이런 반응을 보이는 건 나뿐만이 아닐 테지, 세상 사람들 중 일부는 누군가가 이야기하는 진짜 감정을 견딜 수 없는 것이다. 그들은 자신들의 진짜 감정을 언어화할 수 없으며 그렇게 하겠다는 마음도 없다.

어쩌면 그런 사람 중에서 또 일부가 이야기를 만들어 내는 것일 테다. 그런 사람을 위해서 이야기는 만들어지는 것이리라.

가공의 이야기라는 것은, 진짜를 말하기 위해 거짓을 만들어 내는 것.

"현실에서는 교통사고로 아이들이 사망해도 지급되는 보험금이 절대 1억 엔은 안 되겠지. 아빠의 애인은 최악의 경우라도 5천만 정도면 헤어져 줄 거야. 그러면 우리의 수중에는 99억 5천만 엔이 남으니 그걸 알게 되면 아빠도 우리들 쪽으로 돌아올 거야, 진짜로."

토모노리는 스스로가 한 말에 상처받았다는 듯이 살짝 웃어 보인다.

위험해 위험해. 본심을 확 드러내 언어로 팔랑팔랑거

리면…….

전라인 채 눈을 가리고 잘 갈린 칼을 휘두르고 다니는 것과 똑같다. 그렇게 아슬아슬하게 언어를 가지고 놀 필요는 어디에도 존재하지 않는다.

"그런 식으로 아빠가 돌아온다고 해도 아빠를 존경할 수는 없을걸."

내가 그렇게 말하자,

"존경 따위는 아무래도 좋다니까. 내가 제대로 하는 것, 나나 누나가 제대로 된 어른이 되는 것만 생각하고 있으면 되는 거야."

토모노리가 이렇게 말하니 어쩐지 나는 긍정적인 기분이 되어 잠에 든다. 학교에 간다. 공부한다.

대체로 아무 일 없이 바로 집으로 귀가한다.

5

토모노리와 나는 한 이불 속에서 아주 많은 대화를
나눈다. 밤의 이야기는 무엇이 진짜이고 무엇이 농담이
고 무엇이 만들어 낸 것이고 무엇이 가공이며 무엇이 허
언의 탈을 쓴 진심인지 알 수가 없다. 일일이 확인하는
것도 불가능하다. 무엇이 어떻든 간에 아무 상관이 없는
것이다.

나의 재미없는 매일……이라고 할까, 내 주변이나 신
체 내부에서도 이런저런 일이 벌어지고 있겠지만 어느
것에도 제대로 대응하지 못하고, 기뻐하거나 슬퍼하거

나 즐거워하거나 괴로워하거나 하는 것도 거의 안 되고 이 세상에서 나의 감정만 쭈욱 하고 납작해진 것 같은 일상 속에서, 토모노리와 이불 안에서 나누는 밤의 이야기만이 나를 신나게 만들어 준다.

사람과 이야기하는 거 즐거워……. 이렇게 생각하던 고등학교 3학년의 여름밤, 토모노리의 이야기에 같은 학교 여자애가 등장한다.

시오나카 유즈코.

나도 아는 애다. 시오 짱이라고 불리는 아이. 2학년이고 토모노리와 반은 다르지만 꽤나 귀여운 여자애 아닌가? 라크로스였나 뭔가 운동부에 들어가서 1학년부터 정식 멤버가 되었다. 구기 대회에서 농구 시합하는 것도 본 적이 있는데 나도 대단하다고 느꼈고 남자애들 역시 놀랍다고 말했다. 드리블도 슛도 남자애들과 같이 능숙하고 상대방을 보지 않고도 패스가 가능하다. 평소에는 눈에 띄는 편이 아니지만.

학교 자습실에서 최근에 둘이서 공부하고 있다는 이야기라니…… 뭐야 귀엽잖아. 어떻게 내는 거야, 그런 퓨어한 느낌은?

"사귀고 있어?"

내가 묻자,

"사귀는 거 아니야. 그냥 친구 사이. 공부할 때 도움을
좀 받고 있어. 관계 부사라든가…… 내가 잘 몰라서 그
래. 복소수 평면이라거나. 화학 평형? 당이나 단백질은
도무지 외울 수가 없어서 말야……."

내가 물어보지도 않은 내용을 술술 읊는 걸 보니 아~
토모노리가 그 애를 좋아하는구나 싶다.

"누나는 좋아하는 사람 있어?"

"없어."

정말 없다.

열여덟 살이 되었지만 나는 남자를 좋아해 본 적이
없다. 연심이나 연애에 대한 흥미는 구석진 곳에 처박아
둔 채로 자라 버린 것만 같다. 그러니까, 토모노리가 그
시오나카라는 애하고 어떻게 지내면 좋을지 상담을 부
탁하거나, 시오나카를 노리고 있는 남자가 있다는 것을
시오나카의 친구한테 전해 들었다고 보고하거나, 나 있
잖아, 시오나카와 같이 있을 때는 즐거운데 괜히 조금 긴
장하는 경우도 있어서 종종 말이 제대로 안 나올 때가 있

는데 함께 귀가하거나 전화로 이야기할 때는 엄청 깊은 느낌으로 천천히 대화가 가능하거든…… 하고 혼잣말처럼 말하는 걸 듣고 있어도 뭐라고 대꾸할 말이 없다.

시오나카, 시오나카, 토모노리의 이야기는 단조롭고 진부해져서 내 마음까지 전달되지 못한다. 이불 속에서 토모노리가 말하면 나는 대충 흐응흐응 맞장구를 쳐 줄 뿐이다. 그런데 토모노리가 언제부턴가 자기 방에서 잠을 자기 시작했다.

괜찮아. 나도 대학 입시가 있으니까.

하지만 남는 밤 시간에 내가 한 것들은 적어도 공부는 아니었다. 소설책을 읽기도 했다. 보통 소설은 통학길에서나 학교 쉬는 시간에 하루 한 권씩 읽고 있으므로 집에 돌아와서는 소설책이 가방 속에 들어 있는 경우가 많았다.

나는 만화를 그려 보기로 했다.

그러자 인생에서 처음으로 직면하게 되는 벽! 아무리 해 봐도 안 된다. 패닉이 될 정도로 불가능하다.

나는 제로였다.

눈 앞의 하얀 종이에 그릴 만한 것이 내 안에는 아무

것도 없었다. 그림도 하나도 떠오르지 않고 스토리를 떠올리는 것도 어려웠다.

놀람…… 스스로에게 배신당한 기분이다.

내 안에 이야기가 없는 건가?

솔직히 말해서 다양한 것들을 쌓아 왔다고 생각했건만…… 책을 읽는 동안 머릿속에서 떠오른 그 선명한 광경들의 힘 있는 자유로움은 대체 어디로 가 버린 것일까? 초연하고 당당하고 민첩하면서 총명한 남성 캐릭터들이나 가련하고 우아하지만 믿음직스럽고 종종 모험심으로 가득 찬 여성 캐릭터들은 어디로 숨어 버린 것일까? 하늘을 채우는 하얀 용, 불꽃을 내뿜는 크고 검은 고양이, 폭포 밑에 감추어져 있는 비밀 기지, 거울의 저편에 잡혀 있는 연인……. 이런 단편적인 이미지를 가지고 나는 뭘 그려 낼 생각이었을까?

일러스트는 그릴 수 있다. 어릴 적부터 낙서를 해 왔으며 중학생 때부터는 마음에 드는 낙서를 골라 포켓 파일에 넣어 보관했다. 그 안에 수많은 캐릭터들이 있다.

결의를 품은 눈동자를 가진, 고대 로마풍 의복을 입은 소년. 거대한 곤충의 등에 올라탄 채 창을 쥐고 있는 벽안의 소녀. 도쿄 타워의 철골 위를 뛰어다니며 종횡무진하는 교복 차림의 서커스단……. 얼마든지 스토리가 펼쳐질 것만 같잖아?

그러나 그곳에서 벌어지고 있는 이야기의 내용을 나는 알 수 없었다.

이 캐릭터들은 내가 낳은 캐릭터지만, 그리고 이 아이들에게 배경을 준 것도 나지만, 그럼에도 불구하고 이들이 왜 바로 그 순간에 그런 차림으로 있는지를 도저히 이해할 수가 없었다.

여기까지 사고하고 나는 생각해 본다.

캐릭터들의 백그라운드에 대해 내가 만들어 낸 것은 하나도 없다. 나는 단지 눈을 그리고 표정을 만들고 무기나 의상, 풍경의 디테일을 묘사하였을 뿐이다. 이 캐릭터는 어떤 인물이고 무슨 일을 해 왔으며 무엇을 할 것인가?라는 질문에 대한 답변은 어디에도 준비돼 있지 않다. 나는 이러저러한 그림을 이야기의 한 장면처럼 정리했을 뿐, 거대한 뿔에 수수께끼의 구멍이 뚫린 거인도, 상처 입고 날갯짓을 멈춘 날개 달린 호랑이도, 소년 소녀가 가지고 있는 거대한 검이나 막대기, 보석, 모자, 가

방, 물통, 고문서, 하늘을 날아다니는 전투기풍의 바이크……. 이것들은 전부 창조성과는 무관한 가젯, 어디에선가 사용된 소도구를 차용했을 뿐, 이미 존재하는 스토리의 새로운 재사용에 지나지 않는 것이다. 무작위 이종 교배의 반복으로 겉으로만 새로워 보이는 키메라를 만들어 내는 인간을 크리에이터라고 부를 수는 없다.

지금 나는 아무것도 창조할 수 없다.

나의 내부에는 지금까지 읽어 온 만화와 책의 문자, 화상 데이터와 거기에 부수하는 애매한 기억들이 존재할 뿐이다. 연상은 본래 소재를 벗어나면 거품처럼 사라질 따름이다. 푸쿠푸쿠 파란!

이렇게 자신이라는 치욕을 3주 가량 견디고 난 뒤, 나는 아이시 원고용지와 마루펜, G펜과 잉크, 디자인 커터, 톤 베라*, 스크린톤 23매를 전부 케이스에 넣어서 2층에 있는 서랍장에 처박는다……. 당연히 그릴 수 있다고 생각해서 도구도 준비했는데. 이 수많은 톤을 나는 무슨

---

* 흑백 만화에서 그림자를 연출할 때는 스크린톤이라는, 뒷면에 접착제가 발린 투명한 필름을 사용한다. 스크린톤을 자르고 붙일 때 작은 크기의 밀대를 사용하는데, 이것을 톤 베라라고 부른다.

선에 붙이려고 했던 걸까?

책상 맨 밑 서랍에 넣어 둔 세 권의 포켓 파일……. 내 '엄선 일러스트 박스 Vol. 1~3'도 끄집어내서 서랍장으로 가져가 보지만, 만약 가족에게 발견된다면 너무나 부끄러울 것 같다. 그래서 생각을 고쳐먹고 방으로 돌아온다. 하지만 아빠는 이제 집으로 돌아오지 않고, 엄마가 서랍장에 접근하는 경우는 청소기로 청소할 때뿐이고, 토모노리는 우리 집에 서랍장이 있는지도 잘 모를 듯하니, 우리 가족에게 이혼이나 이사를 하는 일이 벌어질 때까지는 별 문제없을 것 같아, 다시 서랍장으로 가 방금 정리한 만화 도구들 위에 세 권의 포켓 파일을 고이 올려 두고 구석에 밀어넣는다. 나는 18세.

"작가가 되기 위해 필요한 경험은 스무 살까지 벌어지고, 그 이후의 경험은 의미가 없다."라는 식의 이야기를 플래너리 오코너가 한 바 있다. 어디선가 읽은 기억이 난다.

지난 18년간 벌어진 일들. 아빠의 바람과 엄마의 무기력에도…… 나와 토모노리는 나름대로 평범하게 학생 시절을 보냈다.

부모가 바람을 피우거나 싸우는 건 흔해 빠진 일이잖

아? 그런 경험이 작가가 되기 위한 디딤돌이 되지는 않겠지.

아마 안 될 거야, 나는 생각한다. 그러니까 내 안에는 아무것도 없다. 그야 그렇지. 가족 싸움 정도로 작가가 되기 위한 모든 요소가 갖춰진다면, 다들 인세를 받아서 먹고살 테니까. 나는 내 방 책장 앞에 앉아서, 앞서 언급한 플래너리 오코너의 문장을 어디에서 읽었는지 찾아본다⋯⋯. 아, 여기 있다.

레이먼드 카버 전집*의 제4권 『파이어즈』에 수록된 에세이다. 하지만 카버는 오코너의 말이 자신의 경우에는 해당되지 않는다고 적고 있다. "지금 나를 쓰게 만드는 재료의 대다수는 20세가 지나고부터 벌어진 일들이다."라나 뭐라나. 그렇다면 이제부터 내게도 여러 가지 일들이 벌어질 수 있고 나 역시 내면에 있는 다양한 단편적인 이미지를 서로 연결해서 새로운 이야기를 지어 내고, 작가로서 갖춰야만 하는 여러 가지 것들을 획득해 나갈 수 있을지도 모른다.

* 일본에서 출간된 레이먼드 카버 번역 전집을 말한다.

오코너와 카버 중에서 어느 쪽의 경험이 작가의 본래 모습에 가까울까? 상식적으로 생각해 보면 케이스 바이 케이스일 것이다. 일본의 작가를 봐도 학생 때 데뷔를 하는 사람도 있고, 회사에서 성공한 뒤 마흔이나 쉰에 소설을 집필하기 시작한 사람도 존재한다. 플래너리 오코너는 스물일곱 살에 장편『현명한 피』를 출간했다. 레이먼드 카버는 데뷔작「분노의 계절」이 잡지에 게재되었을 때 만 스물두 살이었다……. 어라? 카버는 젊을 때 데뷔를 했잖아. 대체 뭐야?

이 사람에게는 스무 살부터 2년 동안 대체 무슨 일이 있었던 거야?

『파이어즈』를 다시 조금 읽어 본다. 아이가 태어나고, 가난한 와중에도 아이를 두 명이나 키워 낸다.

"애를 키우는 데 여념이 없던 그 가열찬 몇 년 동안에, 나는 그것이 뭐든지 간에, 정돈된 분량의 어떤 것에 관여하는 시간이나 기분을 거의 가질 수가 없었다." 이거 소설을 쓰는 동안 받는 악영향에 대해 적고 있는 거 아냐? 즉, 카버는 처한 상황 속에서 단편소설이나 시밖에 쓸 수 없었던 거다. 생활의 어려움이 집필 작업에 들어가는 시간을 압박해서, 그 결과로 단편소설밖에 쓸 수가 없었다는 거지? 그런데 어떻게 해서 좋은 단편소설을 쓸 수 있었는지에 대한 설명이 없잖아.

그게 아니라면 생활의 어려움은 작가가 되기 위한 거대한 양식으로써 그 자체로 자명하기 때문에, 일일이 그 어려움이 어딘가에 도움이 되었다고 말하지 않아도 나 이외의 사람에게는 이해가 되는 걸까? 삶의 어려움을 겪어 본 적이 없는, 앞으로 고통을 겪는지 어떤지도 아직 불확실한 나에게는 에세이의 내용이 전달되지 않는 것일까?

'어려움'이란 대체 무엇일까?

무엇이, 어떤 경험이 '인생 경험'에 필적하는 것일까? 이야기를 만들어 내기에 충분한 경험은 어디서, 어떠한 방법으로 얻을 수 있는 걸까?

이른바 '일상물'을 쓰는 작가는 많이 있다. 즉 실제로 자신에게 벌어진 일이 아니지만, 현실과 연속성이 있는 소설을 쓰고 있는 작가는 엄청 많잖아?

수많은 에피소드에 재미있는 오치(オチ)*를 붙이고,

---

* 주로 독자에게 웃음을 주기 위해 한 번 더 비튼 결말을 일컫는다.

요소마다 적절한 문장이나 대사를 집어넣어 독자의 구미를 동하게 해 읽게 만드는 이런 힘은 도대체 어떻게 기를 수 있는 것일까? 작가들은 생활하는 방식이나 느끼는 방식, 사물을 보는 방식이 일반인과는 다른 것일까? 뭔가 내가 알지 못하는, 혹은 작가들도 아직 언어화하지 못한 하루하루의 훈련법이나 단련의 방법이 존재하는 것은 아닐까?

그러자 문득 떠오른 것은, 이제는 멈춰 버린 한밤중의 이불 속 대화다. 즉석으로 지어낸 데 지나지 않는 이야기. 그렇다. 호러 장르에 가까운 이야기도 얼마든지 해 버리는 토모노리가 바로 곁에 있는 덕분에 나 역시 이야기를 지어내는 게 간단한 일이라고 생각하고 있었지만, 사실 그렇지 않다. 토모노리에게 어떤 감각으로, 어떤 방식으로 입에서 즉석으로 이야기가 튀어나오는지, 재미있고 웃긴 이야기를 어떻게 지어낼 수 있는지 나중에 물어봐야겠다……라고 생각한 뒤 나는 복도를 사이에 두고 대각선 방향에 자리 잡고 있는 토모노리의 방으로 간다.

목요일 밤 10시 반.

토모노리는 전화를 하고 있다. 핸드폰의 수화기 쪽을

손으로 가리고 내 쪽을 돌아본다.

"뭐야? 지금 전화 중이라."

"시오나카야?"

"시끄러워. 왜 그러는데?"

"아냐. 나중에 이야기하자."

"그래."

토모노리의 방에서 나오고도 한 시간이나 지났는데 통화가 끝나지 않는다. 상대가 시오나카가 아닌 거 아냐? 종종 들리는 상대방의 이름이 미와라고 하는 것 같다.

미와라면 혹시 그 미와? 미와 아카리?

만약 그게 맞다면 미와는 토모노리가 속한 2학년 중에서도 제일 예쁜 아이인데. 도무지 접점이 없을 것 같아……. 나는 복도에 서서 통화 내용을 엿들으며 생각한다.

6

다음 날 아침, 일어나서 아래층으로 가 보니 토모노리가 식빵을 먹고 있다. 엄마는 아직 자고 있다. 이유도 없이 토모노리가 화를 내고 그러니까 엄마는 토모노리를 자극하지 않도록 얼굴 마주치는 걸 피하고 있다.

"좋은 아침."

"아침."

"어젯밤에 진짜 길게 통화하더라. 혹시 미와 아카리?"

"시끄럽다고. 밖에서 엿듣지 말라니까."

"안 그랬어. 저절로 들렸을 뿐이야."

"시끄럽네요."

"시끄러운 건 너잖아, 아침부터……. 그래서, 미와 아카리 맞아?"

"사적인 정보거든요."

"바람?"

"바보야, 그런 거 아니거든. 왜 그렇게 되는 건데?"

"그야 네가 행복한 목소리로 통화를 했으니까."

"하나도 행복하지 않아."

"왜? 미인이잖아?"

"상관없어. 그리고 시끄러우니까 그만 내버려 둬."

"시오나카와는 헤어진 거야?"

"헤어진 거 아니야. 누나와는 상관없는 일이잖아."

"아직 헤어지지 않았다는 건 계속 사귀고 있다는 말이네. 조금 전까지는 아직 안 사귀고 있다고 말했으니까."

"응? 내가 그랬어?"

"모르고 있었는데."

"거짓말. 뭐, 아무래도 상관은 없나."

"응, 상관없잖아. 전부 이야기해 보렴."

"학교나 가, 멍청아."

"야! 누나한테 멍청이가 뭐니?"

"아 진짜 시끄럽네. 난 간다."

나는 토모노리가 귀여운 남동생이라고 생각하지만 엄마한테는 왜 짜증을 내는지 모르겠다. 인간의 이면성에 대한 것은 일반적으로 존재하는 이야기인가?

토모노리가 요즘 특히 일찍 일어나서 학교에 등교하는 것이, 자신을 의식해 침실에서 나오지 않는 엄마를 위해 되도록 빨리 부엌을 비워 주기 위한 걸까. 이렇게도 볼 수 있겠지만…….

나는 엄마가 잠들어 있는 침실에 간다. 노크한다. 문 너머로 말을 건다.

"엄마."

"왜?"

"좋은 아침. 아침 먹자."

"그래. 지금 나갈게."

엄마가 잽싸게 방에서 나온다. 이미 잠옷에서 평상복으로 갈아입었다.

"빵 아니면 밥?"

엄마가 물어본다.

사실 난 식빵파지만 엄마는 밥을 먹으니까 나도 가끔은 같이 밥을 먹는다.

"된장국하고 달걀 프라이, 야채절임밖에 없는데."

"생선이라도 구울까?"

"달걀 프라이만 있으면 돼."

밥을 다 먹고 그릇을 싱크대에 넣어 둔 뒤 나도 학교에 간다. 굳이 학교에 가지 않고 집에서 공부를 해도 되지 않을까 싶지만 집에 있으면 엄마가 청소를 하는 데 방해가 될 테니까 나간다. 집안일은 엄마가 하는 유일한 일이다. 그래서 식사 준비와 설거지, 방 청소를 전부 엄마에게 맡기고 있다. 심지어 팬티를 빠는 것까지. 여자 실격? 잘 모르겠다. 잘못된 것 같다는 느낌이 들기는 하지만 다른 애들이 빨래를 어떻게 하고 있는지까지는 나도 모르니까.

학교에 와서 알아챈 사실. 토모노리의 입에서 미와 아카리라는 이름이 나온 뒤부터 나는 아카리와 자주 마주치게 된다……. 그렇다기보다는 찾기 쉬워진다. 그나저나 아카리 귀엽네! 턱이 갸름한 데다가, 이도 가지런해!

아카리는 친구들도 많고 남자애들과도 친하게 지내는 편이다. 만약 같은 반이었다면 절대로 내가 먼저 말을 걸지는 않았을 것이다. 저쪽은 평범하게 말을 걸어오거나 하겠지만, 내 쪽에서 말을 걸면 다른 애들에게는 특히 그 애를 신경 써 주는 것처럼 보일까 봐 그렇게 할 수 없을 것이다. 싫다거나 어렵다는 건 아니지만, 곤란한 패턴이다. 나는 이것저것 생각하는 버릇이 있어서 늘 버벅대고 만다.

관찰하는 동안 아카리가 나도 이름을 알고 있는 수영부의 1학년 기대주 사쿠마 료헤이와 사귀고 있는 것 같다는 걸 눈치채고 토모노리 안 됐음, 연하의 남자 친구는 스타라네요 생각하지만, 토모노리에게는 시오나카가 있으니까 안 됐다거나 할 것도 사실 없다.

왜 토모노리는 같은 반도 아닌 미와 아카리와 밤 늦게까지 통화를 하고 있었던 것일까? 역시 바람? 최악의 경우에는 토모노리 쪽에서 일방적으로 아카리를 곤란하게 만들거나 해서……

걱정하고 있는 내 방 너머로 토모노리가 통화하는 목

소리가 또 들려온다. 이틀 연속으로. 토모노리는 내게 이야기가 들리지 않도록 목소리를 죽이고 있지만, 낮은 톤으로 우후우후 하는 웃음소리가 내 귀에까지 들려와서 아무리 봐도 러브러브인 거잖아 단정하려는 찰나, 이번에는 화난 목소리와 서로 싸우는 것 같은 험악한, 보소로소! 보소소! 보보보소소! 이런 소리가 들려왔고 뭐야 이거, 사랑 싸움? ……뭐가 됐든지 간에 알콩달콩하는 느낌이 꽤 기분 나쁘다. 통화하는 소리가 들려오는 것은 대체로 10시 이후, 그 뒤로 최소 한 시간은 대화를 나눈다. 늦을 때는 새벽 1시까지 세 시간이나 이야기를 할 때도 있는데, 그때는 나도 잠들어 버리므로 확인할 수 없지만 더 늦게까지 전화하는 경우도 있을 것이다. 토모노리는 아침잠이 늘었고, 깨우러 가면 핸드폰을 손에 쥔 채로 자고 있는 경우도 있다. 좀 이상하다고 해야 하나, 뭘 하는 거야 동생?

누나로서 상황을 확인해 볼 필요가 있다.

11시가 지난 어느 날 밤, 아카리와의 전화가 비교적 이른 시점에 끝난 것 같아서 토모노리의 방으로 들어간다.

똑똑.

"토모노리?"

찰칵. 침대 위에서 교복을 입은 채 뒹굴던 토모노리는 왼손에 쥔 휴대폰을 귀에 대고, 오른손은 팬티를 내린 채 드러난 성기를 붙잡고 있었다.

"아."

토모노리는 "아앗!" 하고 외치며 깔고 누워 있던 이불 끝을 부여잡고 끌어당겨 성기를 가린다.

"미안해."

뇌가 하얗게 변한다. 자위 타임이잖아! 최악의 상황이다.

나는 방 안으로 한 걸음 들어가서 문을 닫고, 180도 몸을 돌린다.

"미안한 게 문제가 아니라 빨리 나가라니까!"

토모노리는 화를 낸다. 그야 그렇지. 내가 방에는 왜 들어왔을까?

"아 미안, 진짜 미안해!"

문을 열며 생각한다. 전화하면서 자위? 아니다. 아냐! 한순간이지만 난 들어 버렸다. 토모노리는 야한 목소리를 내면서 웃고 있었다. 즉, 텔레폰 섹스를 하고 있었던 것? 이런! 고등학생 주제에!

"미안, 아카리도!"

장난스럽게 넘어갈 생각이었다.

놀리는 듯 짐짓 여유로운 표정으로 뒤돌아보니 토모노리는 팬티와 바지를 끌어올리는 데 필사적이다.

"무슨 소리를 하는 거야!"

이렇게 말하며 토모노리는 침대 위에 놓인 핸드폰에 뛰어들어, 마침내 통화를 종료한 것 같다⋯⋯.

응? 지금 내가 이상한 말을 안 했으면 아카리는 내가 방에 들어온 걸 모르고 있었다는 건가?

"정말 미안!"

바로 토모노리의 방 밖으로 나와 일단 내 방으로 돌아왔다. 가슴이 두근거려서 서 있을 수도 없고 그렇다고 가만히 앉아 있을 수도 없었다.

그건 토모노리도 같은 마음이었는지 곧 허둥지둥거리며 내 방을 찾아왔다. 나는 그제야 내가 저지른 또 하나의 실패를 깨닫는다.

"뭐야, 진짜."

불평하는 토모노리를 보며 무의식적으로 웃어 버렸다. 목격해 버린 건 어쩔 수가 없으니 적어도 크게 신경 쓰고 있지는 않는다는 걸 보여 주기 위해…….

"아니, 그게 아니라 전화 상대가 미와가 아니었어."

"그럼 누구?"

"여자 친구!"

"아, 시오나카? 바람피우는 게 아니었네. 그러면?"

그렇다는 말은?

"잘못된 거 아냐?"

"잘못된 건 나거든요. 누나, 진짜 왜 그랬어?"

"이제 어떡해?"

"아…… 진짜 어떡하냐. 다시 걸어 봤는데 유즈가 전화를 안 받더라."

"거짓말."

유즈라고 부르는 거였어. 계속 사귀고 있던 거구나.

"완전히 망했어……. 타이밍이 최악이었잖아. 일부러 노리고 있었던 거야?"

"그럴 리가."

"그럴 리는 없겠지. 근데 뭐라고 변명해야 할까?"

"음…… 나도 잘 모르겠어, 정말."

"책임져."

"근데, 아마 안 들리지 않았을까? 시오나카도 당황한 모양이고, 분명히 그쪽도 팬티를 입어야 했을 테니까……."

"무슨 소리를 하는 거야. 음…… 어쩌면 그럴 수도 있겠다."

"그럴걸. 그게 자연스럽잖아? 전화를 안 받는 것도 부끄러워서 그렇겠지. 방에 들어왔을 때 내가 본 너의 모습을 그쪽도 알고 있었을 테니까."

토모노리가 갑자기 푸히히히히 웃기 시작해서 나도 조금 안심한다.

"엄청 긴장했네. 저기, 노크만 하지 말고 상대편의 대답을 기다리라고."

"미안하다니까."

"왜 들어온 거야?"

"할 이야기가 있어서."

무슨 내용이었더라? 아, 시오나카와 요즘 어떻게 지내고 있는지 궁금했었지. 설마 사이좋게 텔레폰 섹스를 하고 있을 줄은 상상도 못 했다.

"아무래도 상관없을 거 같아."

"뭔데."

"음, 조금 이상한 질문일지도 모르겠지만 아카리는 너와 무슨 사이야?"

"으응? 아아 뭐……."

토모노리는 내 침대에 걸터앉아 이야기한다. 서로 방금 있었던 일을 회피하기 위해서 다소 필사적이다. 목소리도 과장되어 있다.

"그게, 음, 잘 모르겠어. 친구라고 하면 되려나."

"미와는 왜 너한테 전화를 하는 건데? 너랑 미와는 둘 다 애인이 있잖아?"

"다 얘기해 줄 테니까, 비밀이다? 우리 학년한테만 비밀인 게 아니라 누나의 친구들한테도 비밀."

내겐 비밀스러운 이야기를 털어놓을 수 있는 친구들이 한 명도 없지만,

"알았어."

"미와는 남친이 있거든."

"나도 알고 있어. 수영부에 있는 그 1학년 말하는 거

잖아."

"1학년은 지금부터 이야기할 바람피우는 상대야. 누나가 먼저 말해 버렸네."

"정말이야?"

"왜 누나가 그걸 알고 있는 거야? 나는 듣고 진짜 놀랐는데."

"보고 있으니까 알게 되었달까."

"누구를?"

"아카리."

"왜 누나가 미와를 일일이 체크하고 그러는 건데."

"딱히 체크하는 건 아니었고, 어쩐지 눈에 띄어서 보게 된 거지. 너하고 미와는 친하기도 하고."

"그러면 수영부에 있는 녀석 이야기를 다른 사람에게도 했어?"

"아니."

내가 비밀을 털어놓을 수 있는 친구들은…….

"아무한테도."

"그래. 그럼 됐어."

"진짜 남친은 누군데?"

"응?"

"누구야?"

"아. 3학년 수영부 사람."

"그렇게 말해도 몰라."

"몰라? 뭐, 누나라면 그럴 수도."

뭐야, 그치만 기본적으로 타인의 연애사에 흥미가 없는 건 사실이니까.

"누군데?"

"나카오 선배."

"음, 잘 몰라."

"나카오 아키히로 몰라? 수영부에서 꽤 잘 나가는 사람 같은데."

"난 모르지. 그러면 바람피우고 있는 사람은 아카리라는 말이잖아."

"맞아."

"그럼 너는?"

"나는 애매한 위치야. 아카리에게 상담을 해 주고 있는 느낌."

"너랑 매일 밤 몇 시간 동안이나 전화하는 사람이잖아."

"그렇지. 나도 왜인지는 모르겠는데, 나랑 이야기하고 싶은가 봐. 얘기하고 나면 마음이 진정된대."

"진짜? 그런 효과가 너한테?"

"몰라."

"그래도 좀 이상하잖아. 남친도 있고 애인도 있는데, 왜 너한테까지 밤중에 전화를 하는 거냐고."

"애인이라니……. 결혼한 것도 아니잖아."

"됐고요. 아카리는 사실 너를 좋아하는 거 아냐?"

"아니, 그런 느낌이 든 적은 없어. 미와는 자기 고민만 열심히 떠들 뿐이야."

"흠……."

"똑같은 이야기만 계속 하니까 지겹게 들리지도 모르겠지만, 난 정말 이야기를 들어 주는 게 전부야."

토모노리는 손에 들린, 잠잠한 핸드폰을 슬쩍 본다. 난 고개를 끄덕인다.

"시오나카도 아카리가 전화하는 걸 알고 있는 거야?"

"응. 대충은."

"전화를 시작하면 두세 시간은 떠든다는 사실도?"

"아니. 거기까지는 말하지 않았고, 종종 전화가 와서

상담을 한다고 해야 하나, 이야기를 들어 주고 있다는 정
도는 알아."

"그래서 시오나카는 납득했어?"

납득하지 않았으면 텔레폰 섹스는 안 했겠지. 아니,
과연 그럴까? 화는 화대로 내더라도 그런 짓을 할 수 있
을까? 혹은 의심하고 있기 때문에 역으로 가능하다거나?

"아마도? 그런데 누나 때문에 시오나카가 정말 의심
하고 있을지도 몰라."

"몰라. 네가 방에서 이상한 짓을 한 게 문제지."

"갑자기 쳐들어오는 쪽이 나쁘지."

"뭐, 그럴지도."

침대 위 토모노리가 누워 있던 모습이 떠올라 이 주제
는 싫다. 그렇게 생각하면서도 나는 이런 것을 물어본다.

"피임은 제대로 하는 거야?"

잠깐, 무슨 소리를 하는 거야 나…….

"시끄러워. 하고 있지, 그야."

"지금까지 전부? 몇 번이나 했어?"

에에에에에엣? 도대체 내가 뭘 하고 싶은 건지 모르
겠다.

"어?"

토모노리도 물론 깜짝 놀랐다.

"무슨 말을 하는 거야?"

"……."

"저기……."

토모노리가 말한다.

"나와 누나는 사이도 좋은 편이고 여러 이야기들을 할 수는 있는데, 그런 이야기는 그동안 언급조차 않았잖아."

"네 말이 맞아."

"그치?"

"근데 토모노리의 고추가 선 모습을 봐 버렸네."

머리가 새하얗다. 토모노리도 할 말을 잃어버린다.

"누나가 나인 편이 좋았잖아."

하아아아아아앗? 내 머리를 직접 빙글빙글 줄로 묶어서 뜯어낸 다음에 어딘가로 멀리 던져 버리고 싶을 지경이다. 대체 나는 어떻게 된 것일까.

"난 상냥하고 동생을 깊이 생각하니까 걱정할 필요 없어. 내가 본 것도 죽을 때까지 전부 비밀로 해 줄게."

입장을 강요하는 듯한 말투 뭐야……. 협박? 비밀을

지켜 주는 조건으로 토모노리에게서 뭔가를 뜯어내려고
하는 것처럼 들린다.

어디서 끝이 날지 모르는 이야기를 입이 열려 있는
동안 그저 내버려 두었더니, 그 사이를 착신음이 비집고
들어온다. 고마워! 토모노리의 핸드폰이다. 온몸이, 그리
고 뇌도 분명 경직되어 있었을 토모노리가 액정 화면을
확인하더니 전화를 받는다.

"유즈다. 여보세요? 미안, 지금 혼자 있어, 응."

침대에서 일어나 내 쪽을 한 번 바라본 뒤 방에서 나
간다. 나는 토모노리와 교대하듯 침대에 앉았다. 그리고
토모노리의 목소리가 복도와 두 개의 문을 사이에 두고
멀어져 가는 것을 듣는다.

인간이란 스스로 무슨 소리를 하는지 알 수 없을 때
조차도 말을 흘리는 법이구나.

대사는 뇌가 만들어 내는 게 아닐지도 모른다. 나는
생각한다. 방금은 정말 머리가 새하얘져 속사포처럼 이
상한 말을 할 수밖에 없는 상황이었다.

언어는 대체 어디로부터 나오는 것일까?

그렇게 질문을 하고 다시 생각해 본다.

이야기 또한 어디에서 나오는지 알 수 없다. 그것을 물어보기 위해 토모노리의 방을 찾아간 적도 있다. 어디서 어떻게 꼬여서 지금 상황까지 온 거야? 전화로 이야기하는 중이니까 토모노리도 다시는 돌아오지 않으려나, 침대 이불 위에서 뒹굴거리며 기다려 보지만 토모노리는 돌아오지 않고, 나는 플래시백과 싸우며 방의 불을 켠 채 잠들어 버린다. 가족이 그런 짓을 하는 쇼킹한 장면을 목격해 버리고 만 사람이 세상에 얼마나 있을까?

그런 광경과 체험은……, 극도로 기분 나빠지는 기억은, 인생에 어떤 영향을 미치는 걸까?

나와 토모노리는 앞으로 어떤 식으로 변해 갈까?

7

밤새 같은 생각에 빠져 있는 것만 같은, 혹은 같은 생각에 빠진 꿈을 꾸고 있는 것만 같은, 그리고 꿈에 대해서도 꿈인지 아닌지 생각해 보고 있는 듯한, 얇고도 길고도 피곤만 더할 뿐인 무의미하고 복잡한 잠에서 깨어난 아침, 1층에 내려가 보니 부엌에서 토모노리가 식빵을 먹고 있었다.

"좋은 아침."

"응."

"어젯밤에 괜찮았어?"

"아!"

토모노리가 식빵을 내려놓는다.

"안 괜찮지. 미와에 대해서도 엄청 물어봐서 고생했어."

"들린 모양이네."

"그렇다니까. 고생했지."

"미안해. 그런 게 아니라고 내가 메일이라도 한 통 넣는 편이 좋을까?"

"됐어. 우리 헤어졌으니까. 아니, 내가 차였지."

"응?"

의자에 앉은 채로 몸이 굳는다.

"차였다니, 대체 왜? 아카리 때문이야?"

"여러 가지 이유겠지. 결국 지쳐 버린 거 아닐까? 미와 때문에 유즈에게는 여러 가지를 참으라고 한 꼴이 되었고, 유즈는 미와는 관계없다고 말하고 있지만 역시 미와가 마음에 들지 않았던 게 아닐까 해. 미와의 일로 내가 유즈한테 조심스럽게 대하는 것도 어떤 분위기로 전해졌던 것 같고……."

"잠깐만. 네가 어떻게 생각하고 있는지는 아무래도 상

관없는데, 유즈가 실제로 어떻게 말하면서 헤어진 거야?"

"응?"

"피곤하다고 말한 거야?"

"아니. 그건 아니야."

"그러면 뭐라고 말했어?"

"음…… 나와 함께 있으면 자신이 이상해지는 것 같다고 했어."

"이상해진다고? 구체적으로?"

"어젯밤에 누나가 본 거 같은 일이나……."

아, 텔레폰 섹스를 말하는 건가. 사이가 좋다니 괜찮은 줄로만 알았는데, 본인들도 이상하다는 걸 알고 있었구나.

"흠."

"혹시나 해서 말해 두는데, 책임을 떠넘기려고 이런 말을 하는 건 아니지만, 그건 유즈가 먼저 하자고 한 거거든?"

"'거든'이라니, 부연 설명은 필요 없어."

"유즈도 싫어한 게 아니라 그 반대였는데. 이해가 안된다……."

"이해가 안 된다니, 너는 그걸 시오나카가 지쳐 버렸

다고 해석한 거잖아."

"응. 그렇지."

"그렇지만 내 생각은 조금 달라."

"그런가."

"너와 함께 있으면 이상해지는 것 같다고 말했다면
서. 원인은 네게 있다고 이야기하는 거잖아. 적어도 시오
나카는 그렇게 생각하는 거고. 텔레폰 섹스를 하는 모습
을 들켜서 자신을 객관적으로 보게 된 게 아닐까? 그래
서 부끄러움에 반성하게 된 거고."

"으음."

"아니다, 시오나카도 아직 혼란스러워하고 있을지도
모르겠다. 난 제삼자니까."

"원인은 누나잖아."

"아니 원인은 너지."

"내가 뭘 했다고 그러는 거야?"

그러니까 텔레폰 섹스를 하자고 했거나, 유도당했거
나 둘 중에 하나잖아.

"그것보다 너, 그 말을 듣고 바로 헤어지기로 한 거
야?"

"헤어지자는 말을 들었으면 헤어질 수밖에 없잖아. 양쪽의 마음이 맞아서 사귀기 시작한 거니까. 일방적인 사랑은 짝사랑에 지나지 않고."

"노력하지는 않는 거야?"

"어떻게, 뭘 노력하는데?"

"나도 모르겠어."

"계속 노력해 왔는데 여기서 뭘 더 하면 좋을지 모르겠다. 안 그래?"

"난 몰라."

연애 경험, 정말 없다.

"좋아하는 상대의 반응을 기다린다거나?"

"음…… 괴롭잖아. 잘 사귀고 있었는데 헤어지고 나서도 계속 좋아한다니, 일반적인 짝사랑보다 괴로운 거 아냐?"

"몰라."

나는 모른다.

그로부터 몇 주 동안 토모노리 나름대로 시오나카와 다시 잘해 보려고 이런저런 노력을 한 모양이지만 결국 실패한 모양인지, 아카리와 밤에 하는 전화만 남게 되어

나도 토모노리에게 시오카나에 대한 이야기를 꺼내는 일이 줄어들었다.

연애를 하다 보면 전화 너머로 자위를 하던 직후에 갑자기 헤어지자는 말이 나오는 경우도 있구나. 이것이 내가 충격을 받은 이유였다. 연애란 허무해. 물론 갑자기라고는 해도 상대방도 그동안 생각해 온 바가 있을 테고, 그게 쌓이고 쌓여 부풀어 견딜 수 없어서 예상하지 못한 타이밍에 폭발하는 경우도 있다. 숨겨진 감정이나 생각은 알아채기 어려우니까 누구든지 평소 경계할 필요가 있는 것이다. 하지만 상대가 숨기고 있는 감정이나 생각을 어떻게 알아맞출 수 있을까? 표정이나 말의 마디마디에 힌트가 존재하는 것일까?

나는 심리학을 공부해야만 할까?

흥미라고도 말할 수 없는 단순한 물음만을 가지고 나는 지망 대학을 변경하고, 풍월당 대학교의 인간과학부에 지원해 합격한다.

인지행동요법에 관심을 가진다. 나는 임상심리사가 되고 싶다.

되고 싶다고 말로만 해 두는 게 아니라 정말로 흥미를 가지고 있다.

인지행동요법의 재미있는 점은 환자가 어릴 적에 겪은 일의 트라우마나 그때 맺은 인간관계가 성장 후 겪는 증상의 본질적인 원인이 되지 않는다고 여긴다는 점으로, 만약 이게 사실이라면 1980년대부터 유행한 많은 소설과 영화 중 극적인 기초 구조가 현상을 너무나 단순화한 것이며, 심각한 오류에 지나지 않는 것으로 뒤집힐 것이라는 부분이다. 인간은 그런 단순한 존재가 아니다. 그보다는 시간을 쌓아 가며 살아가는 존재에 가깝다. 애초에 원인이 되는 커다란 상처가 생긴 뒤부터 상처를 발견하기까지의 시간은, 무균의 유리병에 집어넣어져 계속 잠을 자고 있는 시간이 아니다. 사람은 여러 가지 경험을 쌓아 나간다. 과거를 자기 안에 덧씌워 버리기도 한다. 물론 상처의 발견은 큰 진전이겠지만 그것으로 모든 것이 해결되지는 않는다. 발견은 어디까지나 출발 지점이고 트라우마틱한 사건을 스스로 어떻게 느끼고 생각하는가, 그리고 왜 그리 느끼고 생각하는지를 천천히 풀어나가면서 그것을 환자 자신의 의지로 바꿔 나가야만 한다……. 매우 오랜 시간을 들여야 하는 것이다.

하지만 영화 「굿 윌 헌팅」에서 카운슬러 역을 맡은 로빈 윌리엄스가 계속해서 강조하는 힘찬 "It's not your fault."와 같이 여기다 싶은 때 비집고 들어오는 장면이 갖는 설득력을 잘못된 상상력으로 인한 단순한 공상으로 치부해 버리는 것은 옳지 않다. 「사우스 캐롤라이나」나 「하얀 각인」에서 닉 놀테가 연기했던 캐릭터들 역시 마찬가지다. 스스로 봉인했던 과거의 비밀, 어린 시절부터 어른으로 성장할 때까지 억압된 채 그대로인 마음, 없던 일로 덮어 두었던 실패와 후회, 그런 감정이 점차 선명해지고 그 자신에게 수용되면서 환자의 용태가 급속도로 회복된다는 전개는 적어도 이야기로는 충분히 신뢰할 수 있다. 영화나 소설에서 묘사하는 대로 자신의 마음을 딸깍 하고 분해한 뒤 극적으로 나아지는 사람도 현실에 분명 존재할 것이다.

즉, 자신이 가진 트라우마를 발견하는 행위가 스스로를 괴로움으로부터 해방한다는 건 그 구조 자체가 하나의 이야기인 것으로, 다시 말해 그를 믿는 자신은 곧 등장인물이 된다. 그러므로 말하는 데 리얼리티가 있고 이를 믿기만 한다면 주인공은 전개에 어떤 걸림돌도 없이 어떤 의미로는 이미 예정돼 있는, 바라는 그대로의 엔딩을 맞는다. 이야기 치료법을 독자이자 환자가 믿기만 한다면 이야기는 독자를 받아들이고 치유할 것이다.

이야기라는 것은 그런 식으로 인간을 움직이는 경우도 있다.

물리나 화학이나 수학 등의 분야에 대해서는 잘 모르지만 이런저런 가설이나 개념이 이야기가 아니라고는 할 수 없을 것이다. 이야기를 믿는 것으로 사회도 인생도 성립하고 있다면, 하하, 참으로 주술적인 세상 아닌가?

8

풍월당 대학교는 케이오 선을 타고 시바사키나 코쿠
료 역에서 내려서 강 천변을 따라 조금 북쪽으로 올라간
곳에 있는데 어느 날 나는 그 제방을 걷다 시오나카를 만
난다. 집이 가깝다고 한다. 그간 모르고 있었지만.

5월 연휴가 끝난 다음 날 오전 8시 35분. 날이 맑아서
조금 더울 것 같았지만 천변의 벚나무가 그물망처럼 생
긴 그림자를 만들어 주어 시원하다.

시오나카도 학교에 가는 중이었던 모양이다. 나의 존
재를 눈치챈 듯하다. 어떻게 하지, 못 알아챈 척을 해야

하나 고민하던 나에게 시오나카가 먼저 인사를 하기에
나도 "좋은 아침."이라고 말한다.

"좋은 아침이에요. 처음 뵙겠습니다, 이렇게 인사하
면 되겠죠?"

"응. 처음 뵙겠습니다."

페니스를 잡고 있던 토모노리의 모습이 오랜만에 떠
오른다. 아, 그것 때문에 토모노리가 이 애와 헤어진 거
였지, 참. 그 밤에 있었던 사건을 시오니카는 어떻게 받
아들이려나, 어쩔 일일까, 혹시 없었던 일로 해 달라고
부탁하려나? 다시 고민하는 동안 시오나카가 말하기 시
작한다.

"토모노리는 잘 지내고 있나요?"

"응. 잘 지내. 최근에는 대화한 적이 없지만. 걔는 아
침 일찍 일어나고, 나는 대학교에 들어가면서 일어나는
시간이 좀 늦으니까. 그나저나 시오나카는 지각 아냐?
수험생인데 괜찮은 거야?"

"아, 사실 지각했어요."라고 말하는 시오나카는 사복
차림이다.

"지각이라고 할까, 아니면 오늘은 몸 상태가 좋지 않

으니 그냥 집에서 쉰다고 할까 생각 중이었는데 저쪽에
서 언니가 보이길래."

"응?"

"이야기를 좀 하고 싶어서요."

"어떤?"

"토모노리에 대한 건데요."

"아하. 다시 사귀는 거야?"

"설마요. 그런 건 전혀 아니지만 조금 신경 쓰이는 점
이 있어서요."

"뭔데?"

"토모노리가 미와 아카리라는 여자애하고 사귄다고
해야 하려나, 음…… 친하게 지내고 있는데요."

"아, 그런 것 같아. 나는 잘 모르겠지만."

"고자질하는 것처럼 들릴까 걱정이지만, 미와는 좀
독특한 면이 있어서요. 토모노리도 위험해 보이고……."

"아. 아카리가 바람피운 이야기? 나도 토모노리도 알
고 있어. 둘에 대한 건 토모노리한테 들었어. 토모노리에
게 아카리가 일방적으로 전화를 걸고 있었던 것 같아."

"토모노리, 학교에서 싸우고 있거든요."

"누구랑?"

설마 하고 웃음이 나오려고 한다. 토모노리는 폭력적인 성격과는 거리가 먼데…….

"낌새조차 없었는데?"

"우리 학교에 다니는 애들은 얼굴은 안 때려요. 문제가 되면 양쪽이 귀찮거든요. 근데 몸에는 멍이나 상처 같은 게 보이지 않나요?"

"엥?"

"목욕할 때 보지 않아요?"

"안 봐, 무슨 소리야! 하하."

"토모노리가 누나하고 같이 목욕한다고 누가 말했거든요."

"그 소문은 뭐야. 누가 괴롭히는 건가?"

"그게 아니라 본인이 직접 그렇게 말했어요."

"으잉? 왜?"

"욕실에 같이 안 들어가세요?"

"안 들어가지, 당연히!"

"그럼 농담이었던 거네요."

"농담이겠지, 당연히! 깜짝 놀랐네. 아니 이게 중요한

게 아니라 그래서, 토모노리가 학교에서 싸우고 다닌다
는 거야?"

"네. 축구부 사람들이 중심이 돼서 여러 사람들 하고
요."

"축구부? 대체 왜?"

"미와가 지금 축구부 애들하고도 친해서요."

"대체 뭐가 어떻게 된 거야? 토모노리가 아카리와 사
귄다는 건 맞아?"

"음…… 저도 자세히는 모르겠는데, 잠깐 사귀고 나
서 바로 헤어진 게 아닐까 싶어요."

혹시나 하는 말이지만 시오나카는 나에게 이 이야기
를 하고 싶어서 내가 지나가는 걸 계속 기다린 게 아닐까
하는 생각이 든다. 고자질이 아니라는 건 사실 고자질한
다는 걸 변명하기 위한 거고, 그런 것쯤이야 나 역시 아무
래도 상관없지만, 뭘 꾸미고 있는 거야? 나를 무슨 일에
끌어들일 속셈인 거지? 왠지 조심하게 되긴 하지만, 표면
그대로 내 동생이 곤경에 처해 있다는 사실을 전달하기
위해서 그랬을지도 모르니, 그 뒤에 어떤 속셈이 있든지
일단 나는 시오나카의 이야기를 계속 들어 보고 싶다.

고자질이라는 단어가 나온 것만으로도 혐오감이나 경계심이 들지만 그것이 내가 줄곧 저지르곤 하는 섣부른 판단일 수도 있다는 점을 감안해 본다. 인간의 반사 신경은 무섭다. 사고가 따라가지 못한다. 인간의 이러한 반응을 이용하는 세계의 다양한 음모론이나 잘못된 지혜가 있다…….

"미와는 한 살 아래인 수영부 남자애하고 사귀고 있는데요. 그 애가 친절하고 외모도 멋지니까 2학년에서, 아니 학교 전체에서라고 해야 될까요, 그리고 다른 학교에서도 인기가 많은 데다가 중학교 시절부터 팬클럽까지 있는 앤데 토모노리가 팬클럽 애들한테 괴롭힘을 받고 있었던 모양이에요."

"음? 토모노리가? 아카리가 아니라?"

"미와는 미인인 데다가 성격도 결코 나빠 보이지 않고 그러니까 수영부 남자애의 팬클럽 애들도 미와라면 어쩔 수 없이 응원해야겠다는 분위기였어요. 그런데 미와와 토모노리의 사이가 좋다는 소문이 돌았고, 토모노리가 둘 사이에 끼어들었다는 식의 싸움처럼 된 거죠. 그때는 토모노리와 미와가 우리는 친구 사이일 뿐이라고 잘 설명해서 상황이 정리되었지만 그 소동 때문에 미와와 수영부 남자애가 헤어지게 된 거예요. 이 사실이 팬클럽에 전해져 다시 이상한 소동이 벌어진 거고요. 팬클럽에는 이상한 애들이 많은데요, 미와와 수영부 남자애가 헤어진 이유와 그 책임을 둘러싸고 분열과 싸움이 벌어져서 상황이 위험해졌어요. 그래서 결국 비밀로, 시기를 엇갈리게 해서 천천히 헤어지는 것처럼 정리가 되었단 말이에요. 그 스타도 미와도 인기가 많으니까 점점 이야기가 복잡하게 흘러가는 것 같지만 이런 사정을 알지 못하는 3학년의 남자애가 나타나서는 미와한테 사랑 고백을 한 것 같아요. 미와는 고백을 거절했지만, 그 일 역시 팬클럽 애들의 귀에 들어가서 미와가 바람을 피우는 것처럼 됐고, 또다시 뭔가 험악한 분위기가 조성되려고 하니까 토모노리가 3학년에게 찾아간 거예요. 사정이 있으니까 여기서 발을 빼 달라, 뭐 이렇게 말을 전하려고요. 근데 이번에는 3학년이 토모노리를 두고 미와를 노리는 게 아니냐고 오해를 한 모양이에요. 우선 거기서 싸움이 벌어졌고, 토모노리가 얻어맞았다고 하네요."

"음."

전혀 의미를 이해할 수 없는 데다 재미까지도 없는 이야기를 듣고 있는 동안 어쩐지 그냥 멍하게 서 있었는데, 그래서 뭐라고?

"겨우 그런 일로 얻어맞은 거야?"

"그렇다니까요. 근데 더 곤란한 것은, 3학년은 같은 반에 여자 친구가 있다는 거예요."

"아아……."

구체적인 맥락이 명확하게 드러난 게 아니라서 잘 모르겠지만 남녀 간의 싸움은 등장인물이 늘어나면 문제도 확장된다는 것이 나의 이론이다.

"그래서 그 3학년이 자기 여자 친구한테 토모노리를 악인으로 몰아가는 이야기를 전한 모양인지 소문이 전교에 퍼져서, 토모노리의 평판도 나빠졌거든요. 이번에는 미와도 토모노리를 내버려 둘 수가 없었는지 직접 개입해서 여자애들에게 진실을 알렸더니 거짓말을 한 3학년 남자애가 욕을 먹게 됐는데 계속 아니라고 발버둥을 치니 학년 전체가 묘하게 험악한 분위기가 되어 그 애가 완전히 고립되고 말았는데, 이번에는 토모노리가 그 3학년을 옹호하는 발언을 했고, 이제 엉망진창이 되어서, 최종적으로는 관계없는 일들에 참견을 한 토모노리가 나쁘다는 것으로 결론이 내려졌거든요."

"그렇구나."

더 이상 스토리를 이해할 수 없어진 나는 귀찮아져서 이렇게 말한다.

"이제 됐어. 근데 실제로 그렇잖아. 토모노리는 본질적으로 관계가 없잖아. 아카리에게 접근하지 않으면 되는 거고."

그나저나 요령도 없네. 애초에 잘 해결할 수 없는 일이라면 아무 짓도 하지 않는 게 좋다.

"근데 토모노리는 상냥하니까……."

"바보일 뿐이지. 그래서 축구부는?"

생각 없이 물어본 뒤 후회했다. 이해 불가능한 이야기를 또 한 번 듣는다고 뭐…….

"거기서부터 이야기가 또 있어요. 수영부 스타 선수의 팬클럽이었던 여자애 하나가 토모노리를 좋아하게 됐는지 계속 따라다닌 것 같아요. 진짜 대단한, 강렬한 성격의 여자애라서 팬클럽에 있는 친구들도 재밌어하면서 토모노리한테, 지금까지 있었던 일을 전부 다 없었던 일로 해 줄 테니까 그 여자애하고 사귀라고 말도 안 되는 제안을 한 거예요. 토모노리는 단칼에 거절한 뒤 여자애와 직접 만나서 여러 이야기를 한 모양인데요, 그랬더니 그 이상한 애가, 사실은 저도 잘 모르겠지만, 자살 시도를 했는지 입원을 하게 되어 그 애의 오빠가 토모노리를 찾아와서 크게 화를 낸 것 같아요. 책임을 지라는 식으로. 그 오빠가 축구부의 이전 멤버라서 종종 학교에 축구 코치로 오기도 하는데, 그 사람의 수족 같은 남자애들이 토모노리를 발로 차거나, 한 방 먹이거나 하는 상황이라고 할 수 있어요…….”

지겨—워! 내용도 복잡하거니와 이 모든 걸 제대로 이해하고 있는 것처럼 구는 시오나카도 이상하다.

일단 뭐가 뭔지. 폭력적이구나……. 요즘 고등학생들은 이런 식인가? 나 때는 이런 분위기가 아니었는데. 내가 모르는 것일지도. 그런 분위기의 학교에는 절대로 가고 싶지 않아, 무서우니까!

바보들은 무섭다! 무슨 짓을 할지도 모르고 뭘 어떻게 오해하는지도 도저히 예상할 수 없다.

“수험 스트레스인 걸까…….”

이렇게 말하면서도 이런 진부한 발상, 그러니까 거의 연상과 동시에 벌어지는 반사 작용 같은 구조는 이 경우에 적용되지 않을 것이라고 생각한다.

"심한 편이야? 맞는 방식이나 그런 게."

토모노리의 모습이 달라졌는지는 전혀 모르겠다……라기에는, 아침에는 서로 엇갈리고 밤에는 내가 대학교에서 열리는 신입생 환영회에 참석하느라 최근에 얼굴을 마주친 적이 없다. 토모노리에 대해서라면 거의 떠올리지 않고 지낸다. 하지만 어쩌면 토모노리 쪽이 내 시선을 피하기 위해 시간과 장소를 조정하고 있었던 것일지도 모르겠다.

"아뇨. 기본적으로 축구부 애들은 자기하고 상관없는 일이니까 심한 짓은 하지 않는 것 같아요. 조금씩 조금씩 괴롭히고 있는 듯한데, 토모노리가 또 입바른 소리를 하며 반항을 해 종종 정말 열받게 만들어서 다칠 때도 있어요, 아마도."

"아아…… 입바른 소리. 그건 안 되지. 사람이 내는 화 같은 건 난롯불처럼 단숨에 끌 수 없는 법이니까 잘 속이고 달래서 바람을 맞게 만들고 그다음에 천천히 진화하지 않으면 안 돼. 테크닉이 필요한 거야. 정론이라는 건 일발 승부니까 확 열 받은 사람한테는 통하지 않지. 그렇게 되면 정론을 반복하게 되니까. 같은 대사를 듣게 되면 왜 모르는 건데 왜 그렇게 이야기하는 건데 하는 식이 되어 결국 둘 다 짜증 나기 시작해 감정적으로 부딪칠 수밖에 없게 되는 거거든."

"오오…… 언니 대단하시네요. 정말 대단해요!"

"그래서 다치다니? 어떻게 당하는 건데?"

"축구부 애들이 스파이크로 차거나 그런대요."

"엥."

"그러니 등이나 옷으로 가려진 부분을 한번 살펴봐 주세요."

"근데 이건 싸움이 아니라 왕따당하는 거 아니야?"

"아…… 그렇네요……. 그런데 토모노리도 말대답을 하기도 하니까 어쩐지 왕따나 괴롭힘처럼 보이지는 않았어요. 확실히 토모노리가 때리거나 하지는 않지만요."

"저기, 사실관계를 확인하고 싶어서 그러는데 축구부의 이전 멤버나 토모노리에게 폭력을 휘두르는 애들의 이름을 알려 줄 수 있을까?"

"아는 이름만 알려 드릴게요. 그렇다 해도 가장 중요한 그 예전 멤버의 이름을 모르지만……."

그렇게 말하는 시오나카로부터 축구부 3학년 학생들의 이름을 4인분 얻는다. 나카무라, 야스다, 아오키, 미야케. 그 밖에도 여러 명 더 있는 듯하지만 그 애들 이름은 토모노리에게 물어보면 되겠지.

"죄송한데요. 이 이야기, 저한테 들었다고 말하지 말아 주셨으면 좋겠습니다……."

시오나카가 말한다.

"헤어진 뒤에는 토모노리와 이야기한 적도 없고 또 제가 신경 쓰는 것처럼 보이면 안 되니까요."

"왜? 신경 쓰고 있는 거 아냐?"

"조금 걱정하고 있을 뿐이죠."

뭐가 다른지 모르겠어…….

"하나 물어봐도 돼?"

"네?"

"토모노리하고 다시 해 볼 생각 없어? 여전히 조금은 좋아하고 있다거나."

내 질문에는 대답하지 않고 시오나카가 말한다.

"미와는 아까도 말한 것처럼 독특한 친구니까 신경 써 주세요. 여러 사람들을 수라장에 끌어들여 이야기의 스케일을 크게 만드는 데 특출한 느낌이에요."

"……."

"저 고민해 봤는데, 토모노리하고 헤어지게 된 것도 토모노리가 싫어서가 아니라, 미와 같은 사람이 접근해 오는 게 무서워서 그런 게 아닐까 싶기도 하거든요."

그렇구나, 역시 이 '미와 아카리 협박론'이야말로 시오나카의 진짜 화제다.

응. 조금 알겠다. 시오나카의 가치관이나 느끼는 방식을 내가 단순한 추측만으로 이러쿵저러쿵 할 수는 없지만, 시오나카는 아카리류의 사람을 어려워하고 있는 것이다. 자신은 안전한 위치를 확보하면서 주위를 수라장으로 만드는 애. 지금 이야기를 들어 봐도 아카리는 어쩐지 아무런 비판도 받지 않는 것 같고. 아카리만이 "내가 나빠서야."라고 말할 수 있는데도 말이다. 뭐 그래도, 있을 수 있는 법이니까요. 착한 아이처럼 보이지만 사실 나쁜 아이들이……. 있다 해도 내 주변에 있는 것이 아니라 만화나 소설이나 영화 속에 있지만.

만화 캐릭터 같은 인간이 현실에 정말 존재할까? 이런 캐릭터들은 어느 정도 단순화된 인간에 지나지 않잖아. 현실 세계의 인간은 조금 더 복잡하지 않겠어?

그럴 것이다. 그렇게 믿고 싶다.

인간은 결코 단순하지 않다. 자신의 성격을 객관적으로 관찰하고, 반성하거나 개선하려고 노력할 것이다.

내 인간관은 아무래도 상관없다.

하지만 적어도 '미와 같은 사람'이라고 표현한 시오나카에게는 그런 유형화가 있어서 미와 아카리를 '그런 사람들'에 집어넣기로 했다. 그런 분류는 시야를 협소하게 만들지 않을까? 시오나카 쪽이 자기 내부에서 만들어낸, 스스로 원인 모를 불편함을 느끼는 '그런 사람들' 상에 멋대로 미와 아카리를 집어넣고 큰 고민 없이 배제하려는 건 아닐까?

시오나카의 인간관도 여기서 중요한 문제는 아니다.

토모노리야말로 문제다.

시오나카가 들려준 난장판 같은 이야기에서도 나는 토모노리가 자신의 말이나 행동을 조금만 바꾸면 원만

하게 지낼 수 있지 않을까 하는 예감이 들었다. 무엇이 진실이든지 토모노리는 그런 귀찮은 관계로부터 거리를 두면 된다.

나처럼.

원래 맺고 있던 인간관계에서 이탈하는 것이 어렵다는 건 알고 있다. 또한 나처럼 모든 사람과 어느 정도 거리를 두고 있는 편이 다른 사람에게도 마찬가지로 좋은 일이라고는 생각하지 않는다. 나조차도 스스로 만든 환경이 나에게 좋은 영향을 끼치고 있는지 의심스럽기도 하다.

그런 이유로 조금 더 현실적으로 생각해 보면, 모두와 절교하는 건 불가능한 일일 테니, 토모노리는 으음…… 선생님과 상담을 해 보면 어떠려나?

9

그날 밤 토모노리의 가슴에 난 상처를 확인한다. 눈
앞의 토모노리가 입고 있는 후줄근한 티셔츠의 가슴 부
분을 잡아당겨 훔쳐보듯 봤는데, 있었다.

검은색. 아마도 멍이 회복되고 있는 것이리라.

"누나, 왜 이래?"

"너, 이 멍은 어떻게 된 거야?"

"아 이거? 조금 부딪친 것뿐이야."

아. 여기서부터 이어질 대화란 정말 귀찮다니까.

"이야기 다 들었어. 너, 이상한 싸움에 휘말려서 축구부 애들한테 얻어맞고 다닌다면서?"

"……."

"앞으로 어떻게 할 거야?"

"그 이야기는 누구한테 들었는데?"

"시오나카."

말해 버렸어, 말해 버렸다.

"아, 그래."

토모노리가 대답한다.

"근데 아냐. 유즈가 말한 내용이 대충 예상이 되긴 하지만 미와는 그런 애가 아냐."

아, 이야기는 벌써 그런 노선으로 진행 중이구나, 나는 생각한다.

"아무튼 나는 네가 피해를 보고 있는 상황을 바꾸고 싶을 뿐이지, 아카리가 사람들에게 어떤 평가를 받는지는 아무래도 상관없어."

"아……."

"근데 네가 갑자기 그렇게 나오는 건 아카리에 대해서 너무 방어적인 태도인 것 같은데. 네 이야기를 하고 있었는데 곧 아카리의 이야기로 바뀌어 있잖아."

"뭐 그건 그렇네. 이야기를 선취했어."

"다른 사람들에게도 아카리에 대한 소식을 듣고 있어?"

"다른 사람들이라고 해 봤자 몇 명뿐인데."

"친구라고 해 봤자 수백 명 있는 것도 아니잖아. 많아 봤자 십여 명. 그 가운데 몇 명. 그런 식으로 너한테 이야기를 전하는 사람이 있으면 꽤 높은 비율이야."

"……."

"게다가 타인의 의견을 처음부터 무작정 부정해도 되는 건 아니야."

"무턱대고 부정하는 건 아니지만 다들 아무것도 모르는데."

"다들 각자 판단으로 말하는 거니까, 역으로 아카리에 대해 근거 없이 말하는 사람은 없다는 말 아냐?"

"……."

"적어도 사람들에게는 그렇게 보인다는 말이지. 나는 그런 데 흥미 없어. 너는 재밌겠지만. 그래서 어떻게 하려고?"

"어떻게 한다니?"

"축구부 애들 말야. 그 애들 말고 너한테 손찌검하는 애들 더 있어?"

"별로 없지."

"그러면?"

"그러면? 이런 건 바로 해결되는 문제가 아니야."

"해결되거든. 선생님께 가서 상담을 받거나, 되갚아 주거나, 말로 설득해 폭력을 멈추게 하거나."

"……."

"되갚아 주는 쪽은 어떻겠어? 네가 생각하기에."

"근데 내가 그 애들한테 개인적인 원한을 가지고 있는 건 아니라서……."

"걔들이야말로 너한테 개인적인 원한이 있는 것도 아닐 거 아냐. 하지만 너는 손찌검을 당하고 있잖아."

"그렇지. 하지만 나는 정말 화나지 않으면 폭력은 쓰지 않아."

"화가 안 난다?"

"싫긴 해도, 화가 나진 않아."

"얻어맞고 있잖아. 너도 한 방 때릴 수는 없어?"

"되갚아 주게 되면 그게 이유가 되잖아."

"너 말야, 상대가 화낼 만한 말은 하고 있잖아. 마찬가지 아닌가? 손이 나가지 않을 뿐, 말은 나오고 있으니까."

"그래 맞아. 하지만 폭력을 휘두르기는 아무래도 주저하게 돼. 상대편도 한 방 얻어맞으면 더 공격하려고 할 거고……."

"너도 다시 되돌려 주면 되잖아. 그렇게 못 하니까 상대도 계속 너를 때리는 거 아냐? 너 지금 만만하게 보이고 있는 거야."

"시끄러워. 난 폭력 싫어해."

"좋아 그럼. 선생님한테 말하면?"

"바보 같아. 애들도 아닌데."

"아이잖아. 아직 열일곱 살이고."

"됐어. 내가 참다 보면 상대방도 언젠가 질릴 테니까."

"그럼 너는 앞으로도 이번 일을 가슴에 품고 인생을 살아가게 될 텐데, 그때도 참고 있는 동안 끝났으니 이번에도 참아 볼까 같은 식으로 굴 거야? 어떡할 거야? 자기 아이한테도 이럴 땐 참으렴, 어차피 상대방도 질릴 테니까, 하고 말해? 몸에 멍이 들어서 집에 들어오는 아이

에게 괴롭히는 애가 질릴 때까지 참으면 되니까 힘내라
는 식으로 말해 줄 거야?"

"그 애가 폭력을 싫어하는데 억지로 싸우게 만들 수
도 없어."

"그렇다는 거네. 아이를 그대로 내버려 두는 부모였
구나. 몸하고 마음, 둘 중에 뭐가 더 중요해. 너 진짜 바보
아냐?"

"응?"

"아이의 몸에 장애가 남거나 낫지 않는 상처가 남더
라도 그 애의 신념이 지켜지면 부모인 너는 오케이인 거
냐고!"

"참 나, 내 일에 왜 그렇게 흥분하는 건데……."

"웃기지 마!"

파앙! 내 손이 토모노리의 뺨을 힘차게 때린다. 말투
도 난폭해지지만, 이건 만화를 따라한 것이리라.

상관없다. 폭력도 작법, 작법은 지식, 나는 부족한 지
식으로 폭력을 휘두를 수밖에 없다.

"네놈의 신념 따위 알 게 뭐야! 질릴 때까지 기다린다
고! 이 녀석! 되갚아 주지도 못하는 네놈의 반응이 재미

있어서 때리는 거야! 아무리 때려도 안 질려!"

나는 또 한 번 때린다. 한 방 먹이려고 손을 들었을 때 토모노리가 "시끄럽다고."라고 말하고 내 가슴을 밀치며 일어선다.

"어디 가는 건데! 앉아!"

나는 토모노리의 셔츠를 붙잡고 억지로 걸터앉게 만든다.

"아파!"

"시끄러워!"

나는 토모노리 위에 말타기 자세로 올라타 온몸으로 짓누른다.

"비켜!"

"싫다!"

대체 이런 연극으로 나는 뭘 하고 싶은 것일까?

폭력에 질리지 않는 녀석도 있다. 마찬가지로 소중한 사람이 상처받는 모습을 견딜 수 없는 사람도 있다. 되갚아 주지 않는 게 아니라 할 수 없는 사람에게는 감당하지 않아도 될 고통이 생긴다는 사실을 전달하기 위해서 연극을 하고 있다는 것만으로도 충분한 근거가 되겠지만, 사실대로 말하자면 나는 토모노리를 때리면서 실제로 열 받았다. 왜?

토모노리의 태도를 질책하기 위해 화를 내고 있다는 건 알겠지만, 왜 열까지?

나는 토모노리를 계속 가격한다.

"아파, 아프다고 누나! 멈추란 말야, 진짜 아프니까."

그가 울고 있다. 하지만 반격하지 않는다. 나는 반격을 기다리고 있는 것이 아니다. 토모노리가 반격하지 않는 동안 더더욱 진심으로 아픈 맛을 보게 해 주고 싶다.

"질질 짜지 말라고! 불쌍해 보이지도 않거든!"

"우오오오오오!"

역시나 울어서 동정을 구하려고 할 뿐이다. 토모노리는 브릿지 자세로 나를 밀어 넘어뜨린다.

"아야! 무슨 짓이야, 이 자식!"

한 번 더 토모노리에게 달려든다.

"짜증 난다고!"

"시끄러!"

"죽어 버려!"

파앙! 토모노리가 내 얼굴을 정면으로 발로 차서 꽝!

하고 후두부가 벽에 부딪치고 뇌가 피큐! 하는 높은 소리를 내며 멈춘다. 뜨거운 코피가 철철 흘러 턱을 지나 가슴에 떨어져 옷을 적신다. 처음 알았다. 이런 식으로 강렬한 폭력을 경험하면 전의도 가학적인 마음도 전부 사라져서 몸이 전혀 움직이지 않는다…….

토모노리가 내 앞에 서 있다. 내가 토모노리를 손으로 때렸을 때의 미쳐 버릴 것 같은 흥분이 이제 토모노리에게 전염된 듯하지만, 토모노리가 계속해서 나를 차지 않는 건 내 모습에 공포를 느끼고 있으며, 동시에 자신이 저지른 폭력에 망연자실한 감정을 느끼며, 자제심이 날아간 것에 쇼크를 받아 크나큰 충격에 휩싸여 있기 때문일 것이다.

아깝잖아, 나는 생각한다. 토모노리를 더 때리고 싶었다. 아프게 만들고 싶었다. 뭔가를 가르치거나 전하려는 목적은 전혀 없었다.

나는 그저 토모노리를 계속 패고 묵사발을 내 버리고 싶었다.

갑작스러운 분노에 휩싸인 나 자신이 조금 전 뜬금없이 뱉어 버린, "너, 아이를 그대로 내버려 두는 부모였구

나. 몸하고 마음, 둘 중에 뭐가 더 중요해."라는 말 때문일 가능성도 있을까?

"아하하."

나는 멈추지 않는 코피를 손바닥으로 닦으면서 웃는다.

"미안 토모노리. 내가 엄한 상대에게 화풀이한 것 같네, 싸우고 싶은 상대를 착각한 것 같아. 사실⋯⋯."

네가 아니라 아빠를 흠씬 두들겨 패 버리고 싶었던 거라고 말하려다가 나는 수치심에 휩싸여, 아니 그런 바보처럼 단순한 이유라니, 그러니까 '트라우마를 가진 아이' 같은 캐릭터에 스스로를 대입하고 싶지는 않다는 반발심이 들지만, 그냥 다 그만둔다.

메타적 시점도 중요하지만 진짜 모습을 감추기 위해 그것을 이용해서 본래 자신의 모습에 '그런 자신의 모습도 간파하고, 연기에 지나지 않으니까 어차피 상관없음'과 같은 가공의 자아상을 덧씌워 진실을 매장시켜서는 안 된다.

나는 참는다. 생각을 멈춘다.

"미안, 이상하고 바보 같은 누나라서."

"뭐 하는 거야⋯⋯."

그렇게 말하는 토모노리의 다리가 떨리고 있다. 내가 그것을 눈치챘다는 사실을 토모노리도 깨닫고는 부엌을 떠난다.

나도 자리에서 일어나 우선 싱크대에서 얼굴을 씻으며 코피를 닦아 내지만, 코 안쪽 깊은 곳에서부터 울컥울컥 코피가 솟아올라서 더 이상 감당이 안 된다. 옷은 진작 더러워졌고 나무 바닥에까지 피가 뚝뚝 떨어질 듯해서 수건을 댄 채 냉동실에서 얼음을 꺼내 지퍼락에 넣었다. 얼음 틀에 남은 얼음은 피범벅이 되어 결국 그릇째 꺼내 전부 싱크대에 버렸다. 지퍼락을 코에 대고 잠시 싱크대 위에 얼굴을 숙이고 있었다. 머리가 아프다. 니잉— 하는 낮은 음이 뇌를 울린다. 하지만 사고만큼은 클리어한 덕분에 나는 이것저것 생각해 보기로 한다.

이대로는 절대 안 된다. 나는 이상하다.

병이라고까지 말할 것은 없지만, 분명 정신적으로 어느 정도 문제를 품고 있다.

아버지의 불륜과 부재가 마음의 상처로 남아서……라는 종래의 정신의학적인 이야기 속에서라면, 예컨대 영화에서는 내가 상처를 눈치챈 시점에 치료는 거의 끝난 듯한 인상으로 그려진다. 하지만 이 꼴이라니. 코피를 흘리면서 두통을 느끼고 있자니 절대 기분이 좋아질 리가 없다. 어쩌면 나는 감정을 자꾸 숨기기만 해서 내게 있는 자기 치유 능력을 제대로 활용할 수 없게 된 것일지도 모른다. 고민을 지나치게 많이 하는 버릇 때문에 보통이라면 한 번에 기분 좋아지는 방향으로 나갈 수도 있을 타이밍을 놓쳐 버린 것일지도. 어찌 되었든 내게는 트라우마의 정체를 발견하자마자 문제가 해결된다는 식의 이야기가 통하지 않는 것이다.

지금의 난 이상하다.

당연한 말이다. 시간과 경험이 쌓여 형성된 인간의 감정이 곧바로 나아질 수는 없다. 왜곡되어 있는 존재가 내 안에 계속 있다. 아직 제대로 공부한 적은 없지만 인지행동요법적으로 설명하면, 분명 마음의 활동을 착각하고 있는 것이다. 뭘 어떻게 착각하였는가, 아직 그건 잘 모르겠다.

대학에서 심리학을 공부하면서 동시에 의사에게 진찰을 받는 편이 좋겠네⋯⋯. 혈관이 차가워져 수축된 덕분에 더 이상 코피가 흐르지 않는다. 나는 부엌에서 나와 방으로 돌아간다. 옷을 전부 갈아입고 벗어 둔 셔츠를 탈의실로 가져간다. 피가 엉겨 붙은 곳에 표백제를 뿌리니 쏴아 하며 하얀 거품이 옷 전체를 둘러싼다. 세탁기에 넣고 빨래를 돌린다. 그러고는 엄마가 있는 침실로 향한다.

똑똑.

"엄마."

"……."

대답이 없다. 하지만 안에 있는 건 분명하다.

"들어갈게."

내가 문을 여는 것과 동시에, 엄마가 침대 위에서 자세를 바꿔 정좌한다.

"뭐 해?"

내가 묻자 엄마가 말한다.

"카오리, 너 미친 거 아니야?"

"응?"

놀랐다. 입에서 웃음이 나올 것만 같다.

"토모노리도 죽이고 나도 죽이려는 셈이야? 일가 자살?"

나는 그대로 얼어 버린다.

여기서 웃어야 할까 울어야 할까, 울지는 않아도 되지만 슬퍼해야 할까 혀를 내둘러야 할까, 역시 웃어 버리는 편이 좋을까, 나도 잘 모르겠다. 어떤 게 올바른 감정의 표현일까?

"엄마도 토모노리도 안 죽여."

나는 말한다. 왜 이런 말까지 해야 하는 걸까?

엄마가 말한다.

"나도 모르겠다. 안 되겠다 싶으면 토모노리하고 너도 데려갈 테니까."

엄마와 나는 진지하게 서로를 응시한다. 여기에 승패는 없다. 평범한 얼굴로 웃으면서 살아왔지만 사실 이런 말을 숨기고 있었던 것이다.

"그런 말 하지 말라고. 엄마, 병원에 같이 가 보자. 바로 안 가도 되고, 엄마가 원하는 때면 돼. 엄마도 알고 있지? 우리, 좀 이상해져 버린 것 같아."

"올바르게만 살아왔는데 이상하게 변할 수밖에 없게 된 사건이 벌어졌어."

역시 웃음이 나올 수밖에.

"그렇죠. 아무래도."

부모 한쪽이 바람을 피워서 집을 나가 버렸다는 건 세상에 널려 있는 이야기일 텐데…… 이런 생각이 들지만, 세상 일반과 우리 가족은 별개다. 게다가 나의 '세상 일반'이 나 스스로 만들어 낸 이야기일 수도 있겠고……. 그렇다. 충분히 그럴 수 있다. 나는 이제 열아홉 살. 세상도 세계도 사회도 인간도 거의 모든 것을 애매한 상상과 어쩌다 얻은 지식으로 만들어 냈다. 그럼에도 불구하고 어떻게든 살아갈 수밖에 없는 것이다.

"엄마, 우리는 인생과 생활 전반을 모두 고쳐야 할 것 같아."

"……."

"같이 힘내자."

자신을 죽이러 온 게 아니라니 엄마는 긴장이 풀린 듯하면서도 유감스러운 마음인 것 같았지만 이건 이상한 감정을 품고 있는 내가 이해한 방식이지 확실한 판단이라고는 할 수 없다. 게다가 내가 제대로 보았다고 하더라도 그것은 출발점에 불과하다. 우리는 여기서부터 어떻게든 해 나갈 것이다. 더 이상 나쁜 곳으로 떨어질 수는 없다. 다시 일어나자.

나는 그냥저냥 가벼워진 마음으로 부엌으로 가 냉동실에서 아이스논*을 발견한다. 뭐지, 이런 게 있었네. 그래. 그걸 들고 토모노리의 방으로 향한다.

토모노리는 잠옷 차림으로 침대에 들어가 있다. 나를 보곤 "……뭐?" 이렇게 묻는다. 나는 아이스논을 건넨다.

"이거."

"으응."

토모노리는 얼굴이 아까보다도 부어서 한쪽 눈동자가 거의 짓눌린 형상이다. 다행히 아이스논으로 숨길 수 있다.

"……어쩌다 이렇게 돼 버린 걸까?"

내가 말하자 토모노리가 조금 웃는다.

"정말 왜 이렇게 됐지. 미와와 유즈에 대한 이야기를 하다가."

아니다. 그런 이야기가 아니라…….

나는 토모노리 옆에 누워 이불 속으로 파고 들어간다.

토모노리의 방에서 같이 자는 것은 처음이다.

---

* 일본에서 판매하는, 다친 부위나 열이 나는 부위에 붙이는 아이스팩.

"토모노리, 누나는 병원에 갈 거야."

"음. 그러는 편이 좋겠다."

"적당한 때에 너도 같이 가자."

"응. 알겠어."

나는 옆을 보고 누웠고 토모노리는 나를 뒤에서 껴안는 것처럼 옆으로 평행하게 누웠다. 둘의 무릎이 살짝 구부려진 채로 겹쳤는데, 영어 표현 중 '스푼하다'라는 동사가 바로 이 자세를 일컫는 말이다.

따뜻한 스푼 자세로 잠든다. 여자 친구를 사귄 경험이 있는 남동생이라서 다행이다, 득 봤구나 생각한다.

코피는 이제 멈추었다.

인생은 움직이고 있다.

대학교에 간다.

대학교에는 심리 상담실이 있다. 심리학과 교수가 있다. 인지행동요법을 가르치는 선생도 있다. 시무라 유우코 선생님. 돌아다니는 사람이 없는 1교시 수업 시간 중에 선생님을 찾아가 본다.

연구동 7층. 대학생이 되고 처음 가 본다……. 햇빛

이 천장의 정원에서 떨어지는 것처럼 비추어 아름다운 데다가 방에도 복도에도 물건이 적다. 복잡하게 널려 있는 줄로만 알았는데 선입견이었다. 심리학과 연구실 옆쪽으로는 입구가 나 있고, 파란색 융단이 깔린 작은 방에 카운터가 놓여 있다. 접수대다.

그곳에 앉아 있는 직원에게 말을 걸어 시무라 선생님을 지명한다. 사실 예약이 없으면 면접을 볼 수도 없고요, 선생님을 고르는 것도 안 되는데요, 말하고 있는 직원의 등 뒤로 지나가는 시무라 선생님을 우연히 발견한다. 시무라 선생님도 나를 바라본다.

"학생 시간 괜찮아? 거기 앉으렴."

시무라 선생은 의자에 앉은 나를 카운터 너머로 보고 얼굴을 살짝 만진다.

"미안해. 아프지?"

그리고 말한다.

"아마 얼굴 뼈가 골절된 걸 거야. 여기 말고 일단 정형외과에 가 봐. 예약은 내가 잡아 둘 테니까."

시무라 선생님은 마흔 정도 나이의 아름다운 분이다. 웃는 목소리가 귀엽다. 이 상담실, 대학원생이 연구를 하는 장소라 학생 지도를 위해 교수나 부교수가 출입한다는 내용을 인터넷에서 본 기억이 나는데, 시무라 선생님과 이야기할 수 있어서 참 다행이다.

방에서 나오자마자 이이노 종합병원으로 향한다. X선 촬영을 한 결과, 코뼈와 오른쪽 광대뼈가 부러졌고 열도 조금 있다. 재 보니 38.9도. 준비된 침대에서 수면을 취한다. 엄마에게 연락이 간다.

엄마는 병원에 오지 않았다.

10

그로부터 이틀이 지난 토요일, 나는 시무라 선생님이 있는 상담실로 가지만 일이 뜻대로 풀리지 않는다. 인지 행동요법이란 환자와 임상심리사가 함께 치료법을 찾아가 봅시다 하는 느낌인데, 이 이인삼각의 느낌이 어색하고 흔들거린다.

처음부터 나는 멈칫한다. 이인삼각 같은 건 없다. 나는 갑자기 아빠가 바람을 피우고 집에서 나갔다는 이야기를 시작한다. 과거가 나를 집어삼키려고 한다고!

와! 와! 비명을 지르는 나를 시무라 선생님이 지켜보

고 있다.

"우리를 배신한 거 아니냐고요! 나하고 동생하고 엄마를 버리고……."

이렇게 말한 뒤 잠시 멈추자, 시무라 선생님이 말한다.

"괜찮아. 느끼고 있는 걸 그대로 말로 표현하렴."

나는 다시 화를 낸다.

"느끼는 게 아니라 사실이 그렇다니까요! 그때 중학생이긴 했지만, 그래도 바보는 아니었어요!"

"나도 너를 바보라고는 생각하지 않는단다."

"뭐 어때요. 아빠에게는 아빠의 인생이 있고, 그러니까 엄마 이외의 다른 여자를 고른 거겠죠. 그건 자유라고 생각해요. 아빠가 가진 권리라고 할까……. 법률적으로 그런 권리는 없지만 사람의 마음과 법률은 관계없으니까요. 아닌가. 사람의 감정에도 법률은 영향을 미치고, 자연스럽게 법률을 따라서 생각하게 되는 것일 수도 있겠죠. 하지만 아빠가 법률을 무시하면서까지 이렇게 하고 싶다고 생각했을 때 다른 사람이 이래라저래라 할 수는 없다고 생각해요. 그래서 우리 생활비라던지 다른 의무를 지기만 하면 다른 누구에게 어떤 말을 듣는다고 해도…… 아닌가. 돈만이 가장 중요한 것도 아니거니와, 저도 돈 이야기를 하고 싶었던 게 아니긴 한데요."

이야기가 지리멸렬해지고 무슨 말을 하고 싶은지 스스로도 알 수 없는 와중인데도 눈앞의 시무라 선생님은 이야기를 묵묵히 듣고 계신다.

진단을 받고 있다.

"어쨌든 아빠한테 뭐라고 따질 생각은 없어요. 아빠를 용서하든 그렇지 않든…… 애초에 아빠에 대해서 깊이 생각한 적도 거의 없었으니까요."

"그래."

"네. 신경 쓰이지도 않았어요. 최근까지는."

"그렇구나."

"우리를 버린 시점에서 이미 가족이 아닌 거잖아요. 스스로 자격을 버린 거예요. 우리에게도 아빠를 배려해야 할 의무 같은 건 없으니까요."

"그렇지."

"그렇다 보니 아빠는 이제 제가 중학생일 때의 아빠인 채로만 남아 있다고 할까, 끝나 버린 거죠. 만약 제 안에서 아빠가 계속 이어진다면, 시간이 지나서 아빠가 저쪽 애인과 결혼한다면 애인의 성도 사사키일 테니 저는 그 애인을 사사키 씨라고 불렀을지도 몰라요. 근데 아빠는 5, 6년 전의 아빠 그대로니까……. 아빠에게 버려진 애들은 아빠를 어떻게 불러야 하는 거예요?"

"그거야 정해져 있지 않지. 아빠라고 부르는 애들도 있고 아니면 그 녀석이나 바보라고 부르는 경우도 있고, 아빠가 재혼하거나 이혼하게 돼서 성이 바뀌면 그 성으로 부르는 경우도 있고."

"그나저나 바람을 용서할 것이냐 말 것이냐 할 때는 뭐가 가장 문제일까요? 왜 아빠에게 득이 될 것 같은 그런 고민을 제가 하지 않으면 안 되는 거예요?"

갑작스러운 분노의 목소리. 용서를 할지 말지에 대한 이야기는 내가 먼저 꺼냈는데. 하지만 느닷없는 분노에도 시무라 선생님은 동요하지 않는다. 프로구나, 생각한다. 혹시 이것까지도 예상한 일일까?

"우리에게도 자존심이라는 게 있어요."

그래 그래. 스스로 말해 놓고 좀 그렇지만, 나는 화가 난 척을 하는 것일 뿐 실제로 화가 난 것은 결코 아니다. 그저 무슨 말을 하고 싶은 건지 알 수 없는 상태가 되어 버린 거다. 질서를 잃어버린 느낌이 나를 곤혹스럽게 만들어서 그저 시간을 벌고 있는 것이다.

용서한다?

하지만 스스로 뱉은 단어에 나는 위화감을 느낀다.

지금의 나라면 용서할 수 있을까? 어른이 된 지금 아빠에 대해 다시 생각해 본다? 아빠가 내 안에서 끝나 버린 것처럼 내 시간의 일부도 역시 멈춰 있다. 허나 그 후 열아홉까지 나름대로 성장한 내가 태엽을 감아 사태를 다시 판단하게 되면, 아빠를 용서할 수도 있는 걸까?

거기까지 생각하고 우선 이것 참 좋은 아이디어군, 하고 가볍게 받아들인다. 그뿐 아니라 어라? 거짓말, 그전엔 전혀 이런 식으로 생각해 본 적이 없었는데? 그럼 이건 전부 내가 침착해진 거구나…… 놀라며 털썩 주저앉는 느낌이 좋아 당황스럽다.

게다가 '용서한다'는 가능성이 팟 하고 눈앞에 반짝거리고 있는 것이 당황스러워, 손과 고개를 흔들며 저리로 가! 저리로 가! 눈을 뜰 수가 없잖아! 폭주해 버리고 만다.

"대체 아빠를 위해 우리가 자존심을 더 꺾어야 할 이유가 어디 있냐고요!"

간단히 용서해 버릴까 보냐!

나는 시무라 선생님과 대화를 하고 있는 것이 아니다. 시무라 선생님은 정말 참을성이 좋다. 참고 있는 것처럼 보이지도 않는다. 나는 무리해서 BDI 테스트를 요구한다. 우울증 정도를 검사하는 테스트다.

"제가 우울증인 게 분명합니다."

"그러니?"

시무라 선생님은 내가 좋을 대로 하게 내버려 둔다.

인지행동치료에서는 심리 어세스먼트가 가장 중요한데, 스스로 요구해서 치른 테스트의 문항들에 나는 그만 웃어 버린다. 간단한 질문이 나열되어 있는 검사지다. 최초의 질문은 이렇다.

① 슬픈 기분은 아니다.

② 슬픈 기분이다.

③ 항상 슬픈 기분을 느끼며, 그것에서 벗어날 수가 없다.

④ 참을 수 없을 만큼 슬퍼서 불행하다.

①을 고르면 0점, ④를 고르면 3점. 모든 선택지가 마

치 ①은 '정상'처럼, 그리고 ④는 '이상'처럼 묘사되어 있다. 이렇게 의도가 뻔히 보이는 테스트에서 정직하게 ④번만 고르는 사람이 과연 있을까? 자신에게 병이 있다고 스스로 어필하는 것 같잖아, 이상하지 않아?

나는 모든 설문에 ⑤번을 추가한다.

⑤ 종종 슬프지만, 종종 슬프지 않다.

⑤ 장래의 일은 살아 보지 않으면 알 수 없으니까, 감정은 슬프지 않지만 장래의 일을 알 수 없다는 건 슬플지도 모른다.

⑤ 보통 사람들과 같은 양의 실패를 겪어 왔다고 생각한다.

⑤ 일상이 재밌지는 않지만, 만족감은 있다.

⑤ 죄란 무엇인가?

⑤ 벌이란 무엇인가?

⑤ 자신은 뭐 어떻게든 해 나갈 것이라고 생각하고 있다.

⑤ 자신의 잘못에 대해 비판적으로만 보지 않고 그 이유를 찾아내려고 노력한다.

⑤ 자살해도 괜찮지만 될 수 있으면 하고 싶지 않다고 생각한다.

⑤ 울어 본 적이 거의 없어서 대답할 수 없다.

⑤ 가끔 화가 날 때도 있지만, 늘 화가 난 것은 아니다.

⑤ 타인에게 흥미를 가진 적이 한 번도 없다.

⑤ 평소보다 결단이 빠른 것 같다.

⑤ 자기 생김새를 신경 쓴 적은 없다.

⑤ 할 수 있는 일이면 하고, 할 수 없는 일이면 못 한다.

⑤ 밤늦게까지 깨어 있을 때가 많아서 수면 시간이 적은 편이다.

⑤ 평소보다 활발하다.

⑤ 평소보다 식욕이 있다.

⑤ 오랫동안 체중을 잰 적이 없어서 모르겠다. 살이 쪘을 수도 있고 빠졌을 수도 있고, 혹은 변하지 않았을 수도 있다.

⑤ 신체 건강은 신경 쓰지 않지만, 마음의 병이 신체의 상태에 영향을 미치지는 않을까 걱정을 하고 있다.

⑤ 예전부터 성적인 것에 거의 흥미가 없다.

전부 사실이다. ⑤번을 추가한 건 웃기려고 한 거지만, 내 본심을 그대로 적은 것뿐이기도 하다.

나열되어 있는 선택지라는 게 형편없는 것들뿐이라서. 모든 테스트들이 다 그렇듯이.

내가 건넨 BDI 테스트지를 보고도 시무라 선생님은 웃음을 잃지 않는다.

"네 개의 선택지 중에서는 안 골랐구나."

나를 바보라고 생각하거나 재밌게 여기고 있다는 듯한 미소가 아니라서, 문득 나는 위험하다고 생각한다.

시무라 선생님에게 걸리면 이런 결과만 봐도 모든 걸 간파당하는 게 아닐까 하는 직감.

타인이 나를 간파하게 되면 곤란하다. 그렇게 한없이 작아지는 느낌이 나는 싫다. 방금 처음 든 느낌이지만. 나는 시무라 선생님의 손에서 내 검사지를 빼앗아 도망치고 싶은 마음을 억누른다.

협조해야겠지. 그러기 위해서 여기에 온 거잖아?

"어떻게 하고 싶어?"

시무라 선생님이 말한다.

"5번 질문과 6번 질문만 질문하는 어조네요."

죄와 벌. 5번 질문에 이어진 선택지들.

① 신경이 날카로워지는 경우는 없다.

② 미안하다고 생각하는 경우가 많다.

③ 대체로 강한 죄의식을 가지고 있다.

④ 24시간 죄의식을 느낀다.

6번 질문의 선택지들.

① 어떤 식으로든 보복을 받을 것이라고 생각한 적은 없다.

② 어떤 식으로든 처벌받을지도 모른다.

③ 어떤 식으로든 처벌받을 것이다.

④ 지금 어떤 식으로든 처벌받는 중이다.

알고 있다. 이 다섯 번째 질문은 나 같은 사람이 부모의 바람이나 이혼이나 싸움, 또는 다른 전반의 문제에 대해서 단편적으로 스스로의 탓이라고만 여기고 있는지 어떤지를 확인하는 질문이다. 그러나 아이들이란 부모가 화를 내거나 울고 있으면 자기 탓이라고 생각하기 마련이다. 죄의식은 당연히 존재하는 것이라고 하면 맞으려나, 그것은 아이의 마음이 생겨 먹은 방식이다. 그러니까 그게 어느 정도인지를 확인하기 위한 선택지로, ①번처럼 '죄의식이 없다.'라는 선택지는 설문을 성립시키기 위해서 기술된 것뿐이거나, 아니면 자신의 감정을 심각하게 숨기고 있는 아이를 끌어내기 위해서 만들어진 도구에 불과한 것이다.

죄의식이 있으면 처벌에 대해서 몸을 사린다. 따라서 6번은 5번에 대한 보충이다. 죄의식과 벌받을 각오의 밸런스. 내가 설정한 ⑤번의 선택지는 이 질문 5번과 6번에 있는 ①번 선택지의 존재 의미가 없다는, 이 문항은 그저 선택지의 수를 늘리기 위해서 만들어진 것이라는 것을 보여 주고 있는 것이다. 무슨 말인지 알겠지?

내 안에 죄의식이 있는 건 분명하다. 하지만 그건 아이들에게 이미 장착돼 있는 심리적인 장치가 낳은, 마음이 억지로 강요하는 '죄'이다. 죄란 무엇인가, 아이로서는 알 수가 없다. 죄의식과 벌받을 각오는 동전의 양면과 같은 것으로, 한쪽만 가지고 있는 아이는 없다. 나 역시 양쪽 모두를 가지고 있다. 아이들이란 그 누구도 자기 내부에 있는 무겁고 차갑고 얼얼하게 아픈 거대한 납의 정체를 모른다. 그래서 묻고 있는 것이다.

죄란 무엇인가?

벌이란 무엇인가?

물론 죄란 '하면 안 되는 일을 하는 것'이겠지만……
아무런 잘못도 하지 않았는데 죄의식을 가지고 있는 경
우도 있잖아. 내가 세상에 아무런 도움도 못 되는구나,
그것뿐만이 아니라 세상에 해악을 끼치고 있는 게 아닐
까, 여러 것들을 오염시키고 또 파괴시키고, 쓸데없는 것
말고는 하는 게 없구나 같은 체념. 그렇다면 죄라는 것은
'저지른 일'만이 아니라 '그렇게 있음'이라는 형태로도
나타날 수 있다. 태어난 것만으로도 죄가 있음. 거기에
있는 것만으로도 죄. 존재가 죄.

나쁜 짓을 하면 벌을 받는다는 것은 세계의 규칙과
균형이다. 해서, 본래 어떤 형태의 '심판'을 거쳐서 얻어
질 수밖에 없는 벌을 이미 자신이 받고 있다는 식의 의식
은, '심판'이 이 세상의 '인과응보 시스템', 즉 자명한 '섭
리'라고 믿고 있다는 사실을 뜻한다. 기본적으로 세계에
서 벌어지는 일은 균형을 유지하게 돼 있으니까 좋은 일
과 나쁜 일은 양쪽이 함께 발생하고, 돌고 돌아서 결국
마찬가지인 거고…….

나는 정말 이런 순진한, 어린애 같은 결백함을 연기하고 있는 것뿐일까? 내게 남아 있는 순수한 부분을 건드리고 싶지 않아서 방어적으로 변하고 재미없는 질문을 던져서 문제를 회피하려고 한다……. 이런 식의 자신을 연출하고 있는 것인가?

나는 BDI 용지를 들고 있는 시무라 선생님 앞에 조용히 앉아 있으면서, 뭔가를 계속 생각하는 척 7분을 보내고, 인테이크 면접을 끝낸다.

"소개장을 써 줄 테니까 정신과 의사의 진료를 받으면 좋을 듯해."

이렇게 말하는 선생님께,

"아뇨 괜찮아요. 저는 아직 자신을 이해하지 못한 것일 뿐이니까요."

나는 제안을 거절한다.

"죄송해요, 제 발로 여기에 온 건데. 감사합니다. 시간을 낭비하게 만들어 정말 죄송합니다."

"괜찮단다."

정신과 의사라. 그를 소개해 준다는 말은, 내가 정신병을 앓고 있는 가능성도 있다는 말이다.

그야 그렇겠지. 지금 보여 준 행동도 끔찍하고, 3일 전에는 동생을 때리기도 했으니……. 사회복지센터에 연락이 가더라도 전혀 이상할 게 없다.

나는 곧 상담을 받으러 온 게 잘못된 거라고 생각한다. 상담실에서 걸어 나와 로비로 가서 벤치에 앉는다. 보통 사람인 걸까, 난? 아직 아슬아슬하게 그럴 것이다. 그렇지만 정말 위험했어. 환자로 취급받을 뻔했으니까.

이런 장소에 온 탓인지 나는 '혼란스럽고 이상한 말을 해서 스스로를 바보처럼 만드는 자신' 같은 것을 연기하고 말았다. 장소와 분위기에 맞추었을 뿐, 모처럼 시무라 선생님을 만나서 상담을 한 탓에 긴장한 걸까? 아니면 내가 누군가에게 보이고 있다는 의식 때문에 너무 예민해졌을지도 모른다. 스스로 저는 이렇습니다 하고 말하고 싶은 마음과 말하고 싶지 않은 마음이 충돌하면서 언어가 폭주해 버린 것일지도 모르고. 내 캐릭터를 연기하고 있는 자신을 눈치채고 그걸 바탕으로 새 캐릭터를 만들고……를 반복한 끝에 결국 혼란스러워지고 의미를 잃어버려 그대로 자기 안으로 숨어들듯 탈출…… 최악이다.

대체 나는 뭘 하고 싶은 걸까? 나조차도 잘 모르겠다.

진심으로 스스로의 이상한 부분을 고쳐야겠다고 생각하고 있는데, 왜 카운슬링을 받으러 가면 그런 식으로 알 수 없게 변하는 것일까?

⑤번으로 추가한 선택지들.

자진해 요구한 테스트에도 제대로 답변하지 못한다는 건, 결국 내가 이상하게 변했다는 말일까?

그런 것은 아직 아무것도 확실하지 않고 누구도 판단할 수 없는 문제겠지만 한 가지만큼은 확실하다. 내 결의는 그렇다 쳐도 아직 난 마음의 준비가 되어 있지 않다. 지쳤어. 마음이 요동치고 있다.

내가 스스로를 바라볼 때의 이 불명확함을 어떻게 하지 않으면.

이런 결의도 아직 마음이나 몸의 준비가 되어 있지 않을 때 내린 성급한 결론일까?

왜, 어째서 이렇게 자신과 자신의 결의가 서로 모순되는 걸까?

진짜 상태를 어떻게 확인하면 좋은 걸까? 아니, 애초에 그런 게 가능할까?

진짜진짜라니……. 내 안에 진짜 자신조차 없으면 어떻게 되는 거야? 낫는다는 건 또 뭐고?

만약 그런 걸 확인하지 않고 치료를 하다가 "선생님 고마워요. 본래 제 모습으로 돌아갔어요."라는 상태가 되었을 때 내가 기쁘게 받아들인 '본래의 자신'은 치료 과정 중에 만들어 낸 가짜라는 가능성도 존재한다.

정신과 치료가 '본래의 자신'을 되찾는 게 목적이라는 게 맞나? 딱히 사회생활에 지장이 없고 스트레스가 없는 상태로 회복되기만 한다면 정체성 같은 것은 아무래도 상관없으려나? 애초부터 사람에게 '본래의 자신'이 없다고 한다면, 지금 여기 이렇게 저렇게 존재하는 그 사람이 '본래의 자신' 그 자체고, 병적인 것도 포함해서 그 자신이라는 말이 된다. 병도 개성인 것이다.

나는 인지행동치료뿐 아니라 정신의학에 대해서도 심리학에 대해서도 인간에 대해서도 그리고 자신에 대해서도 아는 게 하나도 없다. 제대로 공부한 뒤에 알아보는 게 좋지 않을까? 뭘 어떻게 하든 말이다. 학문과 인간과 자신을 더 깊게 파 내려가서 배울 필요가 있다.

여기까지 생각한 뒤 대학교에 제대로 다닌다. 서클

따위에 들어가는 것에는 저항감이 있었지만 뒤풀이나 술자리에는 종종 참석한다. 남자애들도 여자애들도 예상했던 것보다 친절하게 대해 준다. 과음하기도 한다. 나는 술에 약한 편이다. 술자리에서 남자가 갑자기 옆자리에 앉는 것에도 익숙해진다. 야한 이야기는 어색하다. 친해지는 건 문제없지만 끈질기게 접근하는 건 당연히 싫다. 11시에는 집에 돌아온다. 다른 여자애들은 집에 전화를 하고 나서 돌아가는 것 같지만, 나는 글쎄.

제대로 공부를 하려고 했더니 자연스럽게 사람을 만나는 일이 늘어나고 술자리 같은 데 나가는 횟수도 늘어난다. 대학교란 참 이상한 곳이구나.

11

집에 돌아가니 수험생인 토모노리가 있다. 나는 제일 먼저 토모노리의 방으로 들어간다.

"다녀왔어."

"잘 다녀왔어?"

"공부하는 중?"

"뭐 그렇지."

"모르는 게 있으면 누나한테 물어봐."

"술 취한 사람한테 물어볼 정도로 곤란하지 않아."

"안 취했거든."

"이라고 취한 사람이 말했습니다. 그것보다 나는 이 과니까 누나는 잘 알지도 못할 거야."

"그래? 반박할 수가 없네. 확실히 이과 쪽은 무리니까."

나는 토모노리의 침대에 누워 만화를 읽기 시작한다. 『크게 휘두르며』 4권. 수험생 주제에 만화를 처분하거나 정리하지 않는 이유는 스스로의 억제력을 시험하기 위해서라고 하지만…… 그러고 보니 최근에 만화는 읽어도 소설을 읽지는 않았구나 깨닫는다.

영화도 보는 편수가 줄어들었다.

만화를 보는 동안 졸음이 몰려와서 만화책을 뒤집어 놓지만, 아직 옷도 안 갈아입었으니까, 생각하면서 공부를 하고 있는 남동생의 등을 바라본다.

아직도 몸에 멍이 남아 있을까?

"토모노리."

"응?"

"최근에는 아카리에게 연락 와?"

"오지. 오늘도 방금 전화했어."

"그렇구나."

"우리 사귀기로 했거든."

"그래? 아카리 남자 친구는? 그리고 한 명이 또 있지 않았나."

"둘 다 헤어지게 했어."

"네가?"

"응. 물론 아카리 역시 그런 문제는 제대로 처리해야겠다고 생각했겠지만."

"오…… 사귄 건 언제부터야?"

"최근이야. 2주 정도 됐나."

"학교에서는 어때? 아카리는 나름대로 이름이 알려진 애잖아."

"누나." 하고 부르며 토모노리는 내 쪽을 돌아본다.

"왜?"

토모노리가 나를 똑바로 바라보고 있다.

"걱정해 주는 건 고마운데, 내 사생활은 내버려 뒀으면 좋겠어."

"네."

내가 어깨를 한 번 으쓱해 보이자 뭐야 이 순순한 대답은? 하는 얼굴로 나를 바라보던 토모노리가 마침내 다시 입을 연다.

"지금은 뭐, 싸움 같은 것들도 끝났으니까."

"잘됐다."

내 목소리가 정말 기뻐 보였는지 토모노리도 살짝 웃는다.

"그렇지."

'아카리의 정식 남자 친구'라는 이유로 주위에서도 손을 대지 않기로 한 걸까?

"결국 네가 생각했던 것처럼 상대가 질린 거야?"

"아니."

토모노리가 말한다.

"내가 모두와 직접 만나서 대화했지."

"아하하!"

나는 그만 웃어 버리고 만다. 아니, 아카리의 정치력이 상당한 것 같은데. 하지만 그런 이야기를 토모노리 앞에서 하지는 않는다.

"대단하네."

"그런가. 누나 덕분이라고 할 수 있겠지."

"왜?"

"나는 지난번 누나에게 얻어맞은 것처럼은 맞아 본 적이 없거든. 그래서 싸움이 무서워졌어. 굳이 말하자면 대화하러 간 상대편이 내 얼굴을 보고 오히려 쫀 거지만. 얼굴도 엄청나게 부어 있었으니까. 그런 의미에서 누나 덕분이야."

"그때 바로 간 거야? 정말 다행이네."

"응."

"저기 토모노리."

"왜?"

"곤란한 일이 있으면 누나에게 꼭 이야기해."

"알겠어."

나는 아카리와 친구가 될 수 있을까?

당분간 걱정할 일은 아닌 듯하지만.

잘 생각해 보니 나는 친구 비슷한 사람은 있어도 토요일이나 일요일, 쉬는 날에 함께 놀러 갈 수 있는 친구는 없는 것 같다.

나는 토모노리의 방에서 나와 목욕을 한 뒤, 이를 닦고 화장실에 다녀온 다음 잠자리에 든다.

종종 남자애들의 전화를 받는다. 놀러 가자는 초대도 받는다. 주로 어디어디로 놀러 가자는 말을 듣는 경우가 많지만 그때마다 영화가 보고 싶다고 대답한다. 나는 어쩐지 텅 비어 있어서, 밖에서부터 이야기를 주입하고 흡수해서 될 수 있으면 내용물을 채워 나가고 싶다. 거듭 되뇌이지만 최근에 책을 읽지 않았다.

지금은 그럴 기분이 아냐, 내 안의 각오가 부족해, 잘 몰라도 지금은 아냐, 이런 느낌으로 책장을 멀리한 채 시간이 흐르고 말았는데 사실 책을 읽기 위해서 필요한 능력이 최근 들어 부족해진 것이 아닐까? 그건 손에 책을 들기만 하면 회복할 수 있는 능력일까?

나라는 생명체가 약해져 있다.

남자와 곧 섹스를 할 것 같은 예감이 든다. 내 안에 타인이 들어오다니…… 예전에는 이런 것에 굉장한 혐오감과 저항감을 느끼고 있었는데, 이제는 내가 피할 수 없는 길이라는 것을 깨닫고 그런 행위에 자신을 연착륙시키기 위해 허둥지둥하는 것 같다.

어설프고 웃긴 첫경험이 될 것 같은 느낌이 든다.

하고 난 뒤에 매우 후회할 것만 같은…… 혹은 자신

을 상처 입히기 위해서 하는 것만 같은 느낌?

이것은 내가 계속 '젊은 날의 실수'와 같은 진부한 이야기를 품고 있기 때문일까? 요즘 책을 읽지 않아서 진부함에 익숙해진 것 같다……. 스스로 생각하고 깨달은 거지만 정말 그렇다. 한번 되돌아보자. '보통 대학생'처럼 굴고 싶은데 가지고 있는 이야기가 진부하니 재미있는 캐릭터가 전혀 나오지 않는다. 매일 지루하다고 중얼거리는 것도 사실은 모두 그 '보통 대학생' 이미지에 포섭되어 버려서 그대로 행동하는 것이다 보니, 그로부터 탈출할 수단이 더더욱 보이지 않는 것이다. 돌파구는 어디에 있을까? 그것은 창작의 범주일 테니 나로서는 알 수 없다. 내게는 창작의 재능이 없다.

내가 좋아하는 사람이 아니면 섹스하고 싶지 않다고 말하면 남자애들은 미소 짓거나 기뻐하거나, 동조하거나 불타오르거나 두려워하거나 아 귀찮아, 같은 얼굴을 대놓고 드러낸다. 나도 말하고 나서 아, 괜한 이야기를 했네, 이 대사로는 나의 진의가 전달되지 않을 뿐 아니라 '정조를 지키고 싶은 천연 여자애' 아니면 '그걸 연기해서 카드로 쓰는 여자애'로밖에 보이지 않을 것 같다고 깨닫는다. 하지만 그런 게 아니다. 나는 남자를 제대로 좋아해 보고 싶은 것이다.

나와 같은 말을 하는 여자애들도 같은 생각일까?

"좋아하는 사람이 아니면 섹스하고 싶지 않아."를 제각기 다른 생각을 가지고 이야기하는 것일 뿐, '정조'나 '카드' 따위는 나의 망상에 지나지 않는 걸까?

이런 질문, 중요한가?

종종 이런 기분에 휩싸이면서도, 나는 츠무라 유우군과 키스를 하기에 이른다. 사람과 사람의 입술이 닿았구나 그런 느낌. 츠무라 군은 옷 위이기는 해도 나의 가슴도 만진다. 간지럽다고 생각하지만, 이 말은 정확하지 않고, 뭐라고 이름 붙이기 어려운 느낌이다. 딥키스는 내쪽에서 먼저 시도해 본다. 우와! 혀! 혀! 우웩 하는 느낌. 남자의 혀는 조금 더 두껍지만 나와 크게 다르지 않다. 침의 맛도 특별히 위화감은 없는 편이다. 그야 인간이라는 같은 종이니까 기본적인 만듦새나 냄새나 맛도 다르지 않을 거다.

키스를 하면 머리가 붕 떠서 위험하다.

츠무라 군과 사귀지는 않기로 한다. 싫은 건 아니다.

청결하고 잘생겼고 책도 많이 읽는 것 같고 같이 있으면 좋은 편이지만…… 좋아한다는 건 뭘까? 계속 더 같이 있고 싶다거나 그런 기분이 드는 거 아냐?

같은 수업을 듣는, 남자 친구가 있는 여자애에게 밥 먹을 때 물어보기도 했다.

"좋아한다는 게 뭐야?"

"나도 몰라 아하하!"

이런 대답밖에 돌아오지 않는다. 말로는 설명하기 어렵다는 건가? 실제로 모른다는 말인가? 말로 표현할 수 있지만 그저 얼버무리는 걸까? 그게 아니면 심리학 강의실에서 물어본 것인 만큼 나름대로 학술적인 정의를 요구한다고 생각했던 것일까?

연애에 관한 여러 개인적인 이야기를 들어본다.

"난 남친을 좋아하지만, 더 좋아하게 될 사람이 생길 것 같은 예감이 들어. 그러면 지금 남친과는 간단하게 헤어질 수 있을 것만 같아."

혹은,

"남친이란 그때의 파트너니까 그 시간을 누구와 보낼지를 확실하게 계약하는 것과 같아."

혹은,

"연애 게임의 대전 상대니까 강하고 기술이 있고 재미있는 사람이 좋아."

등등……. 죄다 한 보 물러서서 퇴로를 만들어 두는 듯한 대사에, 중요한 건 아무도 말하지 않는다. 이렇게 말하며 사랑을 지속하는 사람도 많고, "좋아하는 건 좋아하는 거야! 누군가를 좋아해 보지 않으면 말로는 모른다니까!"라며 서로 착 달라붙어서 정말로 행복해 보이는 경우도 있다. 또 역으로 냉정해 보이거나, 이성이 있으면 절대로 안 하는 짓을 해 버리는 애들을 지켜보다 보면, 연애라는 것이 확실히 존재하며 사람들이 그저 연기만 하는 건 아니라는 것도 분명하다. 지금 사귀는 남자 친구와의 관계가 어떻든 모두 좋아한다는 감정을 겪어 본 적은 있을 테니 내가 더 이야기할 자격은 없을지도 모르겠다.

12

　나는 2학년이 되고, 토모노리도 고등학교 졸업 후 도쿄도 안에 있는 대학교에 진학한다. 하지만 2학년까지는 카나가와에 있는 캠퍼스에 다녀야 한다고 한다. 토모노리의 자취에 대해서라면 들은바 없다.

　"집에서 다니면 되잖아."

　내가 말한다.

　"무리야."

　"사이타마나 치바에서 다니는 친구들도 있잖아. 그 반대로."

"난 이과니까 아침 일찍 나가야 하고 밤에는 늦게 귀가하거든. 그리고 나도 예전부터 자취를 해 보고 싶었어."

"뭐야, 나 심심한데."

"놀러 오면 되잖아."

"싫은데."

"그럼 뭐야."

"아카리가 있을지도 모르고……."

"없다니까. 아카리는 나가시마 국제 대학이야. 오차노미즈에 있는."

"근데 남자 친구가 혼자 살잖아. 반드시 자고 가게 될걸."

"……."

"러브호텔처럼 된 방에 놀러 가고 싶은 마음은 없거든요."

"그럼 안 와도 돼. 말을 그런 식으로 하냐."

"……."

"누나의 그런 점이 마음에 안 들어."

충격! 말이 안 나온다. 자취를 하고 싶은 게 아니라, 나와 떨어져 살고 싶다는 건가?

누나와 떨어져 살고 싶다는 그런 뉘앙스가 아니었지, 지금. 나하고 같이 지내면 안 된다는 말인 거지.

내가 나쁜 거다.

"전화도 안 하고 메일도 안 할 거야."

"응?"

"이제 토모노리하고 대화 안 할래."

나는 토모노리의 방에서 나온다.

화를 내는 게 아니다. 상처는 받았지만 내게 원인이 있는 거니까 어쩔 수 없다. 나는 토모노리의 짐이 되고 싶지 않다. 벌써 미움받고 있는 거라면, 그 이상으로 미움받고 싶지도 않다.

토모노리를 잃는다면 나는 혼자가 되는 것이다.

나는 지금부터 이어질 긴 삶을 위해서 2년간 참기로 다짐하지만, 토모노리가 사라진 히로타니가는 조용하고 음울하다. 나도 집에 돌아가기 싫어진다.

급히 남자 친구를 만든다. 섹스도 한다. 연애란 무엇일까, 사귄다는 건 무엇일까 고민할 때 상상했던 것보다 깔끔하게 미션을 클리어한다. 섹스는 생식 행위구나 싶다. 싫은 상대를 거부하기 위해 처음에는 아프도록 설정되어 있고, 익숙해진 뒤로는 아이를 많이 낳을 수 있도록 기분 좋은 쪽으로 설정이 바뀐다. 임신과 출산이 힘드니까 이제 그만두겠다고 하지 않도록 쾌감은 높은 수준으로 설정되어 있다. 역으로 말해서, 계속 몇 번이나 가는 와아아아 하는 폭풍 뒤에 가끔 생각하듯이, 임신은 얼마나 힘들까, 출산은 그야말로 최악으로 아프겠구나…….

내 남자 친구는 키시모토 후미히코. 귀엽고 상냥하다. 센가와 역 바로 옆에서 자취한다. 싸움은 잘 하지 않는 편이지만 종종 키시모토가 일방적으로 삐진다. 나는 키시모토를 좋아하지 않는다.

"좋아해."

나는 말한다.

"그게 아니면 이렇게 오래는 못 사귈 거야."

오라호 센가와 여름 축제에서 기분 좋은 석양을 받으며 삼바춤을 추는 걸 구경하는 중에 그런 이야기하기 싫거든. 두구둥 두구둥 두구둥……. 토모노리도 와 있을까?

"동생을 찾고 있어?"

키시모토의 질문을 듣고 움찔 놀란다.

"왜?"

"두리번두리번 하길래."

"삼바를 보고 있을 뿐이야. 재미없다."

"전화해 보면 되잖아."

"누구에게?"

"동생."

"됐어. 이제 그만 얘기해."

내가 화를 내니 키시모토도 입을 다문다. 기분이 언짢아진 건 아니다. 거짓말을 하는 게 싫은 것이다. 그러면 토모노리를 생각하고 있다고 해서 화내는 건 그쪽이잖아! 이렇게 생각하지만, 물론 나쁜 건 내 쪽이다.

"미안. 이렇게 함께 있는데."

삼바춤 행렬이 지나가며 소란이 줄어들었을 때 다시 말하고는 키시모토의 손을 잡으니 그가 상처받은 표정을 짓는다. 무얼 어떻게 생각하고 느끼는지 알 것 같다. 내가 지금의 분위기를 무마하고 싶어서 손을 쥐고 애정을 이용하려는 걸 키시모토도 알고 있을 테지만, 이전에도 이미 몇 번이나 감정을 도구 삼지 말라는 논쟁을 한 적이 있으니 또 다시 이거냐 하는 권태감도 느끼고 있을 것이다. 서로 그렇다는 걸 알고 있지만 키시모토는 날 순수하게 좋아해 주니, 나는 사랑이라고 불리는 것의 존재 증명으로써 키시모토가 나름대로 아주 좋다. 이런 마음을 알아주었으면 좋겠는데.

인간의 감각과 감정은 마모되기 마련이니 혹시 지쳤을까 싶을 때도 있다. 헤어지는 것을 생각하고 있을지도 모른다. 서로 좋아하고 있어도 관계를 정리하는 커플이 있다는 사실을 나도 잘 알고 있다. 연애는 즐겁지만 스트레스를 주기도 한다. 어째서일까? 사귀기 시작한 지 4개월째라서 그럴까? 드라마 「프렌즈」를 보면, 모니카와 챈들러는 사귄 지 반 년 정도 지났을 무렵부터 서로 늘 붙어다니거나 함께 있고 싶어 하는 마음이 없어져서 모니카는 초조해하지만, 챈들러는 가라앉은 연애가 좋고 이렇게 되는 게 행복이라고 말하며 모니카를 안심시킨다.

우리의 관계도 그런 차분한 관계로 변하는 것일까? 언젠가는.

그 후 닭꼬치나 야끼소바를 파는 테이블뿐인 가게가 늘어선 상점가를 산책하다가 나는 아빠를 발견한다.

10미터 앞 이자카야에서 어떤 여자와 함께다.

7년 만이다. 별로 변한 건 없다. 머리카락이 조금 짧아졌지만 대머리는 아니고 오히려 더 젊어진 것 같다.

나는 키시모토의 손을 붙잡고 길가 세탁소 모퉁이에 숨어 아빠와 여자를 관찰한다. 애인은 처음 본다. 젊어! 정장을 입고 긴 머리를 묶어 목을 일본 옷처럼 드러낸 것이 예쁘다. 미인이다.

중간에 엄마에게 돌아가지 않으면, 하고 생각한다. 아빠의 애인을 실제로 보니 뭐랄까, 윤리를 거스른 가해자와 피해자 구도로 엄마와 아빠, 그의 애인의 관계를 인식해 온 지금까지의 관점과는 다르게 남녀 사이에 늘 일어날 법한 삼각관계에 지나지 않는다는 것이 확실히 이해되었다. 예전부터 몇 번이나 그런 것에 불과하다고 생각하긴 했지만, 지금까지는 그저 머릿속 말에 지나지 않았다. 이건 정말 누구에게나 벌어질 수 있는 일이다. 그리고 아빠에게 우연히 따로 좋아하는 사람이 생겨 버린 거라는 이야기다. 일어나서는 안 되는 일이었지만 벌어지고 말았다.

엄마 불쌍해. 가혹한 짓을 당해서 그런 게 아니라, 계속 아빠에게 외면당했다는 사실이.

매일 카레만 먹으면 질린다는 식의 이야기는 대체 뭐야. 이 애인과 아빠는 7년 동안 일편단심으로 사귀고 있었잖아. 나는 늘 엄마 쪽 이야기를 들어 왔으니까 당연히 이 이야기를 편향적으로 이해하고 있었을 것이다.

"왜 그래?"

내 상태를 지켜보던 키시모토가 물어본다.

"미안. 아는 사람이라."

"누구?"

"내 친아빠야."

"저쪽에 있는 사람이?"

"그래."

"옆에 앉은 사람은 바람피우는 상대?"

"이제 진심으로 좋아하는 상대라고 해야 하지 않나? 집 나간 지 7년이나 지났으니."

"아직 이혼을 한 건 아니잖아."

"몰라."

진짜 모른다. 나도 그런 질문은 한 적이 없고 엄마도 먼저 이야기를 꺼낸 적이 없다.

"말을 걸어 보려고?"

"아니. 됐어."

"카오리의 집이 센가와에서 10분도 안 걸리는 조후인데, 이런 곳에서, 게다가 축제일에, 둘이 돌아다니다 마주칠지도 모른다는 생각이 아예 없었나?"

"우리 아빠는 그런 조심성이 없거든. 아니면 이제는 발견돼도 상관없다고 생각하거나."

"……"

"그러면 네 말대로 말을 걸어 볼까?"

"잠깐만."

나는 세탁소 옆에서 나와 축제의 메인 스테이지로 향하고 있는 두 사람을 쫓아간다. 키시모토도 나를 따라온다.

똑바로 걸으려 하는데도 다리 밑이 떨린다. 두 사람의 뒷모습이 가까워진다. 나는 속도를 전혀 줄이지 않는다. 두 사람의 바로 뒤에 도착한다. 순간 호칭을 어떻게 불러야 할지 고민한다.

"예전의 '히로타니 카즈시' 씨."

"응?"

뒤를 돌아본 아빠가 나를 바라본다.

"안녕."

"누군가 했더니 카오리네. 오, 오랜만이다."

"오랜만은 무슨. 아빠는 이런 데서 뭘 하고 있는 거야?"

"축제를 보러 왔지. 삼바 퍼레이드를 보려고."

"올해도 삼바춤이 멋졌어."

"그러게."

"작년에도 온 거야?"

"아, 그렇지. 왔었어."

"나도 왔었어. 그때는 못 만났는데."

"방문자가 많으니까. 카오리도 잘 지낸 거 같구나."

"응, 잘 지내. 토모노리도."

"그렇구나."

엄마도, 라고 말해 버릴까 생각했지만 말하지 않는다.

"이쪽은?"

내가 애인 쪽을 바라보자 아빠는 조금 동요하지만 애인 쪽은 전혀 흔들림이 없다. 내가 말을 걸었을 때도, 내가 자신의 딸이라는 걸 알고 아빠가 허둥대면서 소개할 때도 웃음을 잃지 않는다. 아빠를 지켜보면서 무슨 일이에요, 그렇게 허둥대면서 후후, 하는 듯한 여유를 지녔다.

"이쪽은 사사키 하나 씨."

애인분이 예의 바르게 인사를 한다.

"안녕하세요. 처음 뵙겠습니다."

"처음 뵙겠습니다. 하나는 꽃집의 하나겠네요. 이름이 참 귀엽네요."

"어머, 고마워요. 카오리 이름도 멋져요."

"어머, 그런가요?"

내가 하나 씨의 말투를 따라해 보이자 아빠가 말한다.

"그래, 우리는 삼바춤을 보고 나서 집으로 돌아가려고 했는데 카오리하고 옆의 분은 어떻게 할 건가?"

"돌아가? 아직 많이 남았잖아. 오랜만에 만났으니까 천천히 대화하고 싶은데."

"응. 그럼 좋을 텐데, 오늘은 이만 돌아가야겠다."

아빠는 나를 피한다기보다는 하나 씨를 지키고 있는 것이다. 우선순위.

마음만 먹으면 얼마든지 당신들을 곤란하게 만들 수 있다는 생각으로 째려볼까 하다가 그만둔다. 내가 여기서 적개심을 보인다면 아빠를 더욱 방어적으로 만들어 내게서 하나 씨를 떨어뜨릴 뿐이니까. 게다가 하나 씨에게만큼은 화가 나거나 그가 싫지만은 않다.

아무리 내 안에 분노하는 마음이 존재한다고 해도 여기서 화형을 당해야 하는 건 하나 씨가 아니다. 물론 어떠한 책임도 없다고는 말하지 않을 거고, 엄마가 위자료를 청구할 대상인 것도 분명하지만, 그렇다고 하나 씨를 광장 중앙에 묶어 두고 돌을 던지고 싶지는 않다.

내 아빠에 대해서는, 잘 모르겠다.

나와 엄마, 그리고 토모노리의 생활이 이 사람이 보내 주는 돈에 의해 지탱된다는 것은 알고 있다.

아빠는 빌딩 옥상을 리모델링하거나 관리하는 회사를 경영하고 있으며 어떤 경위인지는 잘 모르겠지만 가요 몇 곡의 저작권을 가지고 있다.

"그래? 돌아가?"

그러자 문득 떠오른 사람.

"이쪽은 키시모토라고 해."

긴장한 듯한 키시모토의 어색한 인사.

"두 분 처음 뵙겠습니다. 키시모토 후미히코라고 합

니다."

"안녕하세요. 딸이 신세를 지고 있습니다."

"아닙니다, 저야말로."

"그럼 잘 있어, 카오리. 또 연락할게."

그렇게 말하는 아빠에게 태클을 건다.

"거짓말. 신경 쓸 필요 없어. 지금까지 지냈던 것처럼 지내자. 그게 나도 편하니까."

"……."

아빠는 할 말이 없어 보인다. 공격하려던 건 아니다. 키시모토도 그대로 굳었지만, 괜찮아, 화가 난 건 정말 아니니까.

"내가 그쪽하고 연락한다는 걸 알면 엄마와 토모노리가 어떻게 반응할지도 모르겠고 귀찮아. 우연히 지나가다 이렇게 만나게 된 거잖아. 이게 아니었다면 연락할 일도 없었을 거고."

신경 쓸 필요는 없다는 것은 진심이다. 이런 나의 마음을 아빠는 이해할 수 있을까?

"카오리, 올해 스물이죠?"

하나 씨가 말한다.

"성인이 된 걸 축하드려요. 성인식은 다녀왔어요? 내년인가?"

"내년이에요. 두 분도 오시겠어요?"

"괜찮을까요? 생각해 볼게요."

"뭘 생각한다는 거야."

아빠가 대화에 끼어든다.

"자, 또 보자, 카오리. 데이트를 방해해서 미안해."

"예전의 '히로타니 카즈시' 씨."

"'예전'이 뭔데. 그만두렴."

"당신을 대신해서 토모노리가 죽어."

"뭐?"

"토모노리. 두 번째 아이."

"무슨 이야기인지 모르겠다."

작년에 내가 토모노리를 심하게 때린 적이 있어. 당신 때문에 내 안에 화가 쌓여서 분출된 거라고 생각해. 정신과 선생님께 상담받으려고 했지만 그만뒀고, 분노는 내 안에 그 상태 그대로 있을 거야. 이제 토모노리에게 분노를 겨냥하는 건 그만두려고 했는데, 생각이 바뀌었어. 당신을 벌주기 위해서라도 나, 토모노리를 잔인하게 죽이려고 해. 이런 이야기를 꺼낼까 했지만, 말을 속으로 삼켜 버린다.

"아무 말도 아냐, 농담이야."

아빠는 내가 무슨 말을 했는지 확실히 들었지만 의미는 도무지 모르겠다는 얼굴로 그저 자리를 뜨려고 한다.

엄마에게 전해 들은 말로 판단해 온 사실들의 진위여부는 알 수 없을지라도 책을 읽지 않는 아버지가 재미없는 논리를 펼쳐 놓는 별 볼일 없는 사람이라는 예상만큼은 꼭 맞아 떨어졌다.

"갈게. 다음에 연락할게."

아빠가 말한다. '다음 데이트는 없지만.' 같은 추임새는 대체 왜 붙이는 거람.

"안녕."

나도 말한다. 별 의도 없이 아빠가 나를 경계하게 만든 것 같아서 허탈하다. 어중간하게 폭주한 바보 같다.

"잘 들어가세요."

키시모토가 말하자,

"카오리."

하나 씨가 말한다.

그가 갑자기 내 쪽으로 뛰어온다. 나는 몸을 움츠린다. 하나 씨는 웃고 있다.

"다음에 차라도 한잔 마시지 않겠어요?"

"네. 좋아요."

"잘됐다. 핸드폰 있어요?"

"네."

"번호 교환하지 않을래요?"

"네."

핸드폰을 꺼내 드는 하나 씨 뒤편에서 아빠가 곤란한 표정을 짓는다. 재미있는 전개다. 내가 핸드폰을 꺼내자 하나 씨가 말한다.

"그럼 적외선 통신으로 내 쪽에서 연락처 보낼게요."

"네. 준비됐어요."

"그럼 보낼게요. 됐다."

"등록해 둘게요."

"잘 부탁드려요."

"고맙습니다."

"이쪽이야말로. 카오리는 대학생이죠. 어디 대학교에

다니고 있어요?"

"아, 풍월당 대학교요."

"좋은 곳에 다니네요. 사는 곳은? 본가에서 다니고 있는 건가요?"

"뭐, 그렇죠. 그런데 이제 여름방학이니까, 언제든지 만날 수는 있어요."

"메일 보낼게요. 오늘 이렇게 만나서 정말로 좋았어요. 다음에 천천히 이야기해요."

"네."

"그러면 조만간 봐요."

"네, 조만간."

하나 씨는 불안감 때문에 움직임마저 어색해진 아빠에게 돌아가다 말고 이쪽을 향해 한 번 더 인사를 한 뒤에 멀어진다.

"우와."

키시모토가 말한다.

"갑자기 미안해."

"아냐. 난 상관없는데, 글쎄, 중요한 장면에 내가 공연히 들어간 느낌이 들어. 방해되지는 않았어?"

"전혀. 같이 있어 줘서 고마워."

"……."

"애인의 연락처를 받아 버렸네."

"어떻게 할 거야?"

"그냥 평범하게 연락할 건데?"

"갑자기 불러 놓고 그날은 오늘처럼 평화로운 분위기가 아니라면…… 한 소리 듣는 거 아니야?"

"무슨 소리?"

"나야 모르지만."

"괜찮을 거야. 하나 씨는 그런 느낌의 사람이 아니니까. 그냥 내가 그렇게 느끼는 것에 불과하지만."

"그래. 그런데 뭐 좀 물어봐도 돼?"

"안 돼."

"그럼 말고."

"거짓말이야. 해도 돼."

"아냐, 괜찮아."

"남동생이 죽는다는 말은 농담이야. 남동생은 엄청나게 건강해."

"음, 카오리가 죽인다는 의미 아니었나?"

"단순한 협박이야."

"동생을 죽인다는 협박이 일반적이지는 않잖아."

그런 협박이 일반적이지 않다고 생각하는 내가 그런 협박쯤 아무렇지 않게 내뱉는 나를 연기할 뿐이라면 상관없을지 모르겠지만.

"아빠를 조금 놀려 줬을 뿐이야. 그나저나 7년이나 만난 적이 없는데도 잘 떠들게 되네."

"동생에게 손은 대지 마."

"무슨 소리야? 그런 짓 안 해. 손을 대다니, 기분 나쁘니까 그렇게 말하지 마."

"그런 뜻으로 한 말 아냐."

"손을 든다겠지. 흐음. 그럼, 축제를 더 즐기다 가자."

밤중에 가게들을 마저 돌아다니다, 하나 씨가 보낸 메일을 받는다.

안녕하세요. 오늘 만나 뵙게 되어서 정말 즐거웠어요. 가까운 시일 내로 다시 만나서, 이번에는 천천히 대화하고 싶습니다. 가능한 날 있으신가요? 저는 평일에는 밤 7시 반부터 비어 있고요. 주말에는 언제든지 가능합니다. 카오리 씨가 괜찮은 날짜를 알려 주세요.

나는 답신하지 않는다. 그날 밤에는.

13

하나 씨를 만났을 때 곧바로 엄마가 있는 곳으로 돌아가자고 결심한 걸 기억하고 있는데, 나는 그날 밤에도 키시모토의 맨션에 묵으면서 엄마에게 메일조차 보내지 않았다. 엄마도 다른 사람과 사귀면 될 텐데. 과거에 일어난 일로 지금의 나까지 잠식당하는 것은 옳지 않다……. 인간이 지금까지 겪었던 일의 축적으로 구성된 존재라는 표현은 말로는 성립하겠지만 결국 무의미한 단어의 나열일 것이다. 나는 아빠와 재회한 일로 인해 매우 흥분한 상태로 침대에 들어가지만, 이유도 모른 채 감

정의 어느 한 구석이 매우 식어 새하얗게 변해 버리고 말
았다.

　양친과 애인 사이의 단순했던 관계가, 히로타니 유키
코와 히로타니 카즈시, 그리고 사사키 하나의 인생이 얽
혀 있는 관계로 다시 인식되었다는 건, 내 입장에서 좋은
일일까?

　새로 알게 된 것이 있다면 토모노리와 나는 처음부터
이 관계에서 논외였다는 점이다.

　우리는 고려해야만 할 '조건'이나 받아들일 수밖에
없는 '핸디캡'이나 버려야만 하는 '짐'일 수는 있어도, 결
코 사건의 당사자라고는 할 수 없다. 나와 토모노리는 엄
마와는 다른 사람이고 부부 관계가 아니라 부모 자식 관
계이니까, 아빠를 만나고 싶으면 만나면 되는 것이다. 우
리가 만남을 거부하는 것도 물론 가능하지만 아빠가 우
리를 만나러 오는 것도 그의 자유다.

　하지만 그렇게 하지 않았다는 건 우리가 엄마와 함께
버려졌다는 뜻이다. 엄마와의 이별과는 별개로 엄마에게
나와 토모노리를 부탁하지는 않았다는 말이다. 그 당시

아빠와 엄마가 대화하고 싸우고 서로를 향해 소리친 것들은 어디까지나 자신들의 연애에 관한 것이지 우리와 아빠 사이의 관계에 관한 것은 아니다.

엄마는 아이들을 버려 두었다며 아빠를 비난했지만 그때도 우리가 불쌍해서였다기보다 자신을 버린 남편의 비정함을 비난했을 뿐이리라. 우리는 그것을 위한 '도구'에 지나지 않았던 것이다.

아빠를 욕하는 엄마를 바라보며 나와 토모노리는 불쌍하게도 나름대로 동정도 하고, 엄마로서도 슬픈 감정을 우리에게 털어놓는 것 말고는 다른 방법이 없는 거라고 여겼지만 그것 역시 정답이 아니다. 그저 아빠를 악인으로 만들어 우리와 아빠 사이에 거리를 벌리고 벌어진 간극을 아빠를 향한 공격에 사용했을 따름이다. 자기 사정에 맞추어 우리를 세뇌하려고 했을 뿐 우리에게 무엇이 최선일지 고민한 적은 없다.

처음부터 우리를 아빠로부터 떼 놓을 필요는 없었다.

아빠야말로 엄마에게 친권을 요구하지 않았다.

하지만 나는 이 일로 엄마와 아빠를 또 다시 비난하는 것은 그만두고자 한다. 이미 과거의 일이고, 그때 그들은 각자의 감정 문제로 머릿속이 가득했을 것이다. 부모로서, 어른으로서, 인간으로서, 여러 책임론을 들이대는 건 가능할지 몰라도 결국 다들 처음부터 불완전한 인간 존재에 지나지 않는다는 사실에는 변함이 없다.

나는 세상의 불완전한 존재 방식을 확인한 뒤 안심하고 잠에 든다. 옆에서 키시모토가 신나게 코를 골고 있다. 깨어 있을 때는 연애라느니 의사소통이라느니 민감한 문제로 시끄러운 남친이지만 자고 있을 때는 그러한 문제를 잊어버린 것처럼 그저 깊게 잠든 것이 귀엽다.

무슨 꿈을 꾸고 있을까?

상상하면서, 나는 키시모토를 정말로 좋아하는구나 새삼 알아차린다.

좋아하는 사람이 아니면 꿈 내용에 관심을 가질 리도 없을 테니까. 다행이다. 나 자신에 안심한다.

조용히 졸음이 몰려온다.

그리고 얼마 지나지 않아 대학교 여름방학이 끝나 갈 무렵, 토모노리에게서 전화가 온다.

오랜만이다. 나는 전화를 받는다. 오랜만, 이런 이야

기를 나눈 뒤 나는 아빠와 재회한 이야기를 한다. 해 버린다. 아빠의 상태. 애인인 하나 씨는 미인이었다. 메일 주소를 교환하고 연락도 왔지만 답장을 하지는 않았고, 그 후로는 따로 메일도 없는데 어떻게 된 일일까?

큰 흥미를 끌 거라고 생각했지만 토모노리는 전혀 반응이 없다. 그럴 만한 상황이 아닌 것 같다.

"미안해, 나 지금 도쿄 이이다바시 근처 호텔에 있거든."

"뭐야. 거짓말. 여행이야? 데이트?"

"아냐, 그런 건."

"혼자?"

"아니. 아카리와 같이 있어."

"그게 데이트가 아니면 뭔데."

"아니라니까. 들어 봐. 나 얼마 전에 아카리와 헤어졌어."

"언제?"

"대학교에 들어가고 나서 바로."

"그랬어? 아카리가 거리가 멀어서 힘들었나 보네."

"그렇게 말할 수도 있겠다."

"게다가 너도 집을 나오는 게 목적이었고, 내심 아카리와 장거리 연애를 하는 것도 오래 갈 거라고는 기대하지 않았잖아."

"저기, 누나, 내가 그런 이야기를 할 상황이 아냐."

"몰라."

"그러면 전화 끊는다."

"잠깐, 기다려 봐. 왜 갑자기 도망치는 건데? 괜찮으니까 이야기해. 지금 곤란한 거야?"

"응."

"그럼 도와주러 갈게. 어떻게 하면 돼?"

"누나 아르바이트 하고 있어?"

"안 해."

"저금해 둔 건 없어?"

"현금은 없는데."

"응. 그러면 미안한데, 엄마한테 돈 좀 빌려다 주지 않을래? 금액이 조금 큰 편이라서."

"얼마?"

"10만 엔 정도?"

"뭐? 그런 건 네가 알아서 빌려."

"내가 사실은 벌써 엄마에게 돈을 빌리고 있어서 그 래."

"얼마?"

"40만 엔."

"그렇게 큰 돈을 왜?"

"싸움 때문에. 상대를 다치게 만들어서."

"언제?"

"6월 중순."

"왜? 치료비?"

"하고 위자료."

"왜 싸우게 된 건데?"

"음, 여러 가지로."

"아카리와 관계된 일이야?"

"그렇지 뭐."

"낙태야?"

"아니. 그런 건 전혀 아닌데."

"거기 아카리도 있어?"

"여기에는 없어. 난 로비에 있고, 아카리는 방에."

"호텔은 어디야? 제대로 이야기해."

"자세한 이야기는 하고 싶지 않아."

"안 돼. 사정을 모르면 도와줄 수가 없잖아. 특히 돈 문제라면 제대로 정리해야지."

"……."

"호텔 이름이나 알려 줘. 바로 갈 테니까."

"엄마한테 돈 빌려 와야 돼."

"알았으니까 어딘데?"

"이이다바시에 있는 호텔 하이브라이트."

"응. 도착하면 전화할게."

"응. 고마워."

"그럼 이만."

전화를 끊는다. 옆에서 키시모토가 걱정스럽게 나를 바라본다.

"남동생?"

"응. 좀 다녀올게."

"전화로 돈 이야기를 한 것 같은데."

"곤란한 상황인 것 같아."

"얼마나? 나 저축해 둔 게 약간 있거든."

"됐어. 돈은 안 가지고 갈 거야."

"아, 그 편이 낫겠다."

"이야기를 전부 듣고 나서 주든가 해야지. 애초에 돈이라는 게 그렇게 턱턱 줄 수 있는 것도 아니니까."

"그렇지. 나도 따라갈까?"

"괜찮다니까."

"아냐, 나도 같이 갈래."

"괜찮아. 고마워. 금방 돌아올게."

"그러면 내가 같이 가서 옆에서 대기하고 있을게. 무슨 일이 생길지 모르잖아."

"고마워. 그럼 이이다바시까지 같이 가 줄래?"

"응. 출발할까?"

나와 키시모토는 맨션을 나와 자전거를 타고 센가와 역까지 간다. 밤바람이 습하고 덥다. 새로 생긴 자전거 주차장에 자전거를 세워 두고 열차에 올라탄다. 지금은 8시가 되기 조금 전. 30분쯤 후면 이이다바시에 도착할 것이다.

열차 안에서 우선 키시모토에게 토모노리에게서 걸려 온 전화의 내용을 전달한다.

"흐음……."

"40만 엔이면 큰 금액이잖아. 얼마나 큰 상처를 입혔길래 그런 돈이 나올까?"

"그러게. 위자료라고 해도 학생끼리의 싸움이라면 그 정도 금액이 나오지는 않을 텐데. 그나저나 어디 다치지는 않은 거야?"

"자세한 건 만나서 물어보자."

치토세 카라스마 역을 지나 신주쿠 역에서 환승 후 이이다바시 역에 도착할 때까지 우리는 침묵했다.

택시 기사에게 물어보니 걸어서도 5분 거리라고 하지만, 급하니까 택시에 타고 본다.

호텔 하이브라이트는 제대로 된 고급 호텔로, 프론트 로비가 넓고 포터나 손님들이 대리석 바닥 위를 걸어다니는데, 나는 이런 곳에 들어와 본 적이 거의 없었다……. 중학교 수학여행을 갔을 때 교토에서 묵은 호텔도 멋졌지만 이 호텔은 그곳과도 완전히 다르다.

토모노리는 왜 이런 곳에 들어와 있는 거야? 나는 휴대폰으로 토모노리에게 전화를 건다.

"누나, 도착했어?"

"응. 1층인데 방이 어디야?"

"조금만 기다려. 나도 로비에 있으니까. 아, 여기. 어, 남자 친구도 같이 왔어?"

"응."

대답한 순간 토모노리가 나타나 우리 쪽으로 다가오며 손을 들어 보인다. 오랜만에 보는 토모노리. 키가 커진 걸까? 머리카락이 짧아졌고 색도 밝게 염색을…….. 왜인지 몰라도 웃고 있는데, 지금 그럴 여유가 있는 거야?

"미안해."

"응."

"반갑습니다. 저는 히로타니 토모노리라고 합니다. 매번 누나가 신세를 지고 있어요."

"반갑습니다."

키시모토도 대답한다.

"안녕하세요. 저는 키시모토 후미히코입니다. 미안해요. 갑자기 찾아와서요."

"아닙니다. 급히 부른 건 저니까요."

나는 말한다.

"아카리는? 방에 있나?"

"응."

"그러면 단도직입적으로 물어볼게. 정말로 싸운 거 맞아?"

"왜? 싸운 거 맞는데."

"건네줬다고 하는 금액이 크니까. 상대는 몇 명이야?"

"세 명."

"세 명? 너 혼자를 상대로? 너는 무사한 거야?"

"음. 무사하다고 해야 하나, 그렇지."

"네가 싸움도 잘했었나?"

"그건 아니지만……."

"네가 지불한 치료비와 위자료 영수증 좀 보여줘. 상대방의 연락처와 이름도. 너에게 자세한 이야기를 듣고 나면 일단은 전액이 아니라도 어느 정도는 돌려받을 수 있을 테니까."

"갑자기 뭐야. 그렇게 일방적으로……."

"단순한 싸움이 아니잖아. 지금부터 네가 하는 이야기를 집중해 들을 테니까 내가 납득할 수 있도록 잘 설명해 줘."

"싸움은 말 그대로 싸움일 뿐인걸."

"세 명 상대로 싸워서 치료비와 위자료가 다 합해서

40만 엔이나 들었다는 거잖아? 일반적인 상처도 싸움도 아니야. 돈이 그만큼이나 들었다는 말이니까 똑바로 처리해야지. 나한테 이야기 잘해."

"나는 일을 더 벌리고 싶지도 않고 더 큰 소동으로 만들고 싶지도 않아."

"아카리도 관련돼 있는 거지?"

"맞아."

"아카리를 지키려고 그러는 거야?"

"맞아."

"미안한데 키시모토는 잠깐 저쪽 로비에서 기다려 줄래?"

키시모토가 고개를 끄덕인다.

"무슨 일 있으면 꼭 전화해."

"응. 고마워."

키시모토가 로비로 가고 난 뒤 나는 한 번 더 질문한다.

"무슨 일이 있었던 거야?"

"무슨 일이냐고 묻는다면…… 누나 믿어도 되는 거지?"

"당연하지. 만약 못 믿겠다면 지금 바로 돌아갈 거야."

"누난 종종 예고도 없이 이상하게 변할 때가 있어서."

"나를 도저히 믿을 수 없다면 얘기는 여기서 끝이야."

"……."

"확실히 내가 종종 이상한 행동을 하고 이상한 충동에 휩싸여 무슨 뜻인지도 모를 말을 할 때가 있었지만, 네가 이해할 수 없는 것일 뿐 내 나름대로는 다 생각하고 하는 말이거든. 그러니까, 내가 진짜로 망가진 건 아니라는 거야."

잘 모르겠다.

토모노리는 한숨을 쉰다. 포기한 것이다. 그래 맞아, 누나에 대해서는 여러 가지를 포기해야 해.

"아무한테도 말하지 마. 엄마한테도 이야기한 적 없어."

"그래."

"헤어진 뒤의 일이지만 사실은 아카리에게서 전화가 왔었어."

"토모노리, 저기 앉아 봐."

이야기를 계속 해 나가기 어려운 자세로 서 있는 토모노리를, 나는 벽에 붙어 있는 소파에 앉도록 한다.

토모노리가 말한다.

"아카리가 대학교에서 만난 남자인 친구에게 억지로 성관계를 당한 모양이야. 처음에는 엄청 날뛰면서 울고 그래서 진정시킨 뒤에야 이야기를 들었는데, 학교 친구들하고 술을 마시러 갔다가 심하게 취한 한 녀석을 그 친구의 방에서 재우기 위해 따라갔나 봐. 거기 여자애도 한 명 있었는데, 그 애가 자고 있는 동안에 당했다고 말하더라. 나는 너무 화가 나서 곧장 방을 빌려준 남자가 있는 데로 가서 그 녀석을 패고, 다른 두 명도 불러내 같이 패버렸는데, 그중 한 명이 안경을 쓰고 있었어. 깨진 렌즈가 눈에 들어가서 각막이 찢어졌대서 수술비로 40만 엔을 줬어. 그렇게 줄 생각은 없었는데, 형사사건으로 가겠다며 협박을 했고 그렇게 되면 강간도 공적인 일이 되어버릴 테니 나는 돈을 마련하는 것 외에 다른 생각은 없었고, 그래야 한다고 생각했어."

흐음, 나는 생각한다. 하지만 보험에 들었을 수도 있는데 40만 엔이나 지불해야 하는 일이었을까?

강간한 상대에게 위자료를?

"아카리는 경찰에 신고할 생각은 없는 거야?"

"응. 무섭대."

"모든 게 사실이라면 병원에 데려가는 게 우선이겠지. 그 가해자 세 명은 뭐라고 해? 정말 강간이야?"

"응. 나도 확인해 봤는데 강간이 벌어졌다는 건 그 세 명도 인정하고 있어. 그런데 싸울 여지는 있다고 생각하는 것 같아. 합의된 상황이었다고 주장하거든."

"그래. 아카리를 보호할 필요가 있겠네. 그러면 각막에 난 상처는 진짜야?"

"응. 병원에 데려간 게 나였으니까."

"병원에서 이유를 물어보지는 않았어?"

"바닥에서 구른 걸로 했어. 다른 상처들도 있었고 내 손도 부었으니까 의사는 눈치를 챘을지도 모르겠지만."

"그렇구나. 수술도 정말 받은 게 맞고?"

"응. 나도 동석했어."

"그럼 청구서는 받았어? 치료비 청구서."

"그건 아카리가…… 처음에는 자신과 관한 일이니 직접 내겠다고 말했거든. 근데 역시나 무리였어. 아카리의 부모님에게 상담할 수도 없고. 우선 내가 지불하기로 하고 아카리는 이후에 내게 어느 정도 돈을 돌려주기로 약속을 하게 된 거야."

"응. 그래서 네가 냈다는 거지? 엄마에게 돈을 빌리면서까지. 청구서를 보긴 봤어?"

"그건…… 보지 못했는데."

"그리고 이 호텔은 또 뭐야?"

"아, 여기는…… 사실 그 사건이 끝난 뒤 세 명과는 연을 끊었는데 이번에는 아카리가 조금 이상하게 굴어서……. 연락이 끊어졌다고 생각했는데 2주 정도 여기 묵고 있었던 것 같더라고. 나한테 어제 급하게 전화가 걸려 온 거야. 아카리는 호텔비를 지불할 능력이 없고 나도 마찬가지이니 손 쓸 도리가 없어서…… 누나에게 부탁할 수밖에 없었던 거지."

"그럼 10만 엔은 여기 묵는 돈이야?"

"맞아. 열흘 이상 묵었던 것 같아……. 말도 안 되는 부탁인 건 나도 알지만."

"아카리 방은 몇 호실?"

"음…… 1004호."

"알겠어."

나는 대답하자마자 일어나 프론트로 가 카운터 안쪽 직원에게 물어본다.

"실례합니다. 1004호실에 묵고 있는 미와 아카리의 언니인데요, 숙박 요금을 정산하고 싶어서요."

"체크아웃 하시는 건가요?"

"네. 그렇습니다."

"룸 키를 갖고 계신가요?"

"열쇠가 없으면 불가능하군요."

"그렇습니다. 룸 키를 반납한 뒤 정산하시면 됩니다."

"그런가요? 질문이 있는데요, 이 호텔의 숙박 요금을 현금으로 낼 수 없으면 혹시 분할로도 지불 가능한가요?"

"숙박 요금을 분할로 낸다고요? 고객님은 이미 체크인 할 때 예약한 방의 요금을 지불하셨습니다."

"아, 그런가요. 1004호실의 정산은 지금 어떻게 되어 있을까요?"

"그런 말씀이라면."

"요금을 얼마나 냈는지 기억이 애매해서요."

"지금 찾아보고 있습니다. 오래 기다리셨습니다, 미와 님. 숙박료는 체크인 할 때 카드로 지불한 것으로 되어 있으니 그 외 음료수나 룸 서비스 요금을 합산하면 2만 7756엔이 됩니다. 그런데 미와 님, 예약에 관해서라

면 이틀 더 묵는 것으로 되어 있는데, 일정에 변화가 있
으신가요?"

"아뇨. 괜찮습니다. 그럼 되었습니다."

"아, 체크아웃은 어떻게?"

"체크아웃도 괜찮습니다. 알려 주셔서 감사합니다."

아카리. 귀여운 녀석이다.

소파에 앉아 나를 바라보고 있는 토모노리에게 돌아
가는 대신, 나는 엘리베이터를 타러 간다. 그러자 허둥대
면서 토모노리가 쫓아온다.

"어디 가는 거야?"

"1004호실. 너는 따라올 필요 없어."

"나도 갈 거야. 대체 무슨 이야기를 한 거야?"

"따라오는 건 괜찮은데 애매하게 아카리를 지키려고
는 하지 않는 게 좋아."

"응······?"

"알겠어? 쓸데없이 아카리를 지지하거나 그러지는
말라고, 절대로. 아카리가 말하게 내버려 둬. 아카리를
보호하려고 하면 내가 방에서 쫓아낼 거야. 알아들었
지?"

"……."

"무슨 말인지 모르겠더라도 내가 말한 대로 해."

"왜 그러는지 모르겠지만…… 알겠어."

10층에 도착한다. 나는 융단을 밟으면서 1004호실로 향한다.

"열쇠 가지고 있어?"

"응."

"빌려줘."

열쇠를 받아 1004호실의 문을 열면서 "우선 토모노리는 여기서 기다려."라고 말한 뒤 혼자 안으로 들어간다. 놀라서 뭔가 말하는 토모노리를 무시하고 그대로 문을 잠가 버린다. 토모노리는 문을 두드리거나 난동을 피우지는 않는다. 호텔방 안에는 침대 위에 앉아서 문 쪽을 바라보는 아카리가 있다. 여전히 예쁘지만 조금 색이 바랜 느낌이랄까……. 이건 내가 그렇게 보는 것에 불과할지도 모르겠다. 오렌지색 스커트도 하얀색 셔츠도 차(茶)색 카디건도 여전히 좋아 보인다. 오, 카디건은 이세이 미야케잖아.

갑자기 들이닥친 나를 수상하게 흘겨보는 아카리에

게 나는 손바닥을 들어 보인다. '괜찮아 괜찮아. 그대로
있어도 된다고.'

"안녕! 갑자기 들어와서 미안해요. 저는 토모노리의
누나 카오리라고 합니다."

"아, 안녕하세요. 갑자기 뭔가요. 무슨 일이라도?"

"응. 사실 토모노리의 전화를 받았거든요. 아카리 씨
가 심각한 상황이라고 들어서요."

"심각한 상황은 아닌데요."

"알고 있어요."라고 말하며 나는 똑바로 방 안으로 걸
어 들어간다. 침대 정면에 있는 책상 위에 아카리의 물건
으로 보이는 가방이 있지만, 그 안에도 주위에도 보이지
않던 핸드폰은 침대 위 아카리의 손 안에 있다.

"미안해요. 그런데 토모노리는 무슨 일로…… 이게
무슨 짓이에요?"

나는 핸드폰을 곧바로 응시하는 대신 시야 한구석에
둔 채로 코스 변경, 침대와 창문 사이를 걸어가 놀란 표
정의 아카리의 손에서 핸드폰을 빼앗아 들고는 조작한
다. 아카리는 당황한다.

"잠깐 살펴볼게."

확인하고 싶은 건 발신 이력. '히로타니 토모노리'가 늘어서 있지만 맨 위에 '무네야스 테츠'라는 이름이 있다.

"핸드폰 주세요!"

나는 핸드폰을 되찾으려는 아카리에게 등을 보인 채 전화 버튼을 누른다. 화면에 '무네야스 테츠'의 번호가 뜬다. 좋아, 기억했어.

"돌려주세요!"

"네네."

내가 핸드폰을 건네자마자 아카리는 그것을 빼앗듯 받아 든다.

"갑자기 무슨 짓을 하시는 거예요?"

나는 손바닥을 들어서 보여 준다.

"아카리. 내 이야기를 들어 봐."

"뭐냐고요! 토모노리는? 토모노리!"

"아카리. 진정하고 들어 봐. 나쁜 짓은 하지 않을 거야."

"너무해."

"들어 봐. 이쪽을 봐, 이쪽. 내가 지키고 싶은 건 토모노리뿐이야. 토모노리에게 피해가 없다면, 혹은 이 이상으로 커지지 않으면, 나는 이야기를 크게 만들지도, 다른 누구에게 말하지도 않을 테니까."

"지금 너무 일방적으로 이야기하고 계신데요, 제가 토모노리에게 뭔가 저지른 것처럼 들리네요."

"먼저 확실히 해 둘 게 있는데, 난 아카리짱 같은 사람, 사실 싫어하지 않거든. 오히려 엄청 좋아하는 편이야. 동정심이 느껴진달까 같이 술 마시러 가고 싶을 정도야. 난 술이 약하니까 불가능하겠지만. 그리고 아마 아카리 같은 사람은 나를 싫어하겠지. 나 성격 나쁘거든."

"이 방에서 나가 주세요."

"이야기가 끝나면. 나는 성격이 이 모양이라서 들은 이야기의 속사정을 바로 파악하거든. 그래서 무슨 일인지 다 파악했어. 이 방의 요금은 모두 카드로 이미 지불했지? 토모노리에게 부탁할 필요도 없이."

"무슨 말씀인지……?"

"지금까지 토모노리가 준 돈에 대해서는 추궁하지 않을게. 그건 연을 끊는 돈인 셈 칠 테니."

"네?"

"아카리. 마지막으로 물어보는 건데, 토모노리를 좋

아하는 거야? 그래서 막 휘두르고 싶은 거야? 아니면 돈이 목적이야?"

"……."

"이런 질문은 의미 없으려나."

아카리는 아직 대학생이니까 카드 요금 청구서는 부모님에게 갈 거다. 이런 호텔에 묵더라도 말만 잘하면 어떻게든 넘어갈 수 있다는 것은 집이 부자라는 뜻일 거다. 귀여우니까 이쁨받을지도 모르겠다. 그렇겠지. 이 정도까지 토모노리를 휘두를 수 있으니까 공주 취급을 받으면서 자랐을 것이다. 이번에도 토모노리에게 부탁한 10만 엔은 경제적으로 곤궁해서가 아니라, 그저 토모노리에게 돈을 뜯어낼 속셈이었던 거고, 그것도 돈이 목적이 아니라 토모노리의 마음을 점령해서 원하는 대로 조작하고 싶었던 것이다. 자신에게 헤어짐을 고하고 멀어진 뒤 전처럼 마음대로 할 수 없어진 토모노리를 끌어들이기 위해서는 그만큼의 역량이 필요했을 것이다.

애초에 아카리 같은 유형의 캐릭터가 이런 일을 당할 리가 없다. 그런 상황 속으로 들어가지도 않을 것이고, 인간관계에서도 그런 위험 분자는 근처에 두지 않을 것이다. 자신을 정복하려고 하는 캐릭터를 가장 멀리할 테니까.

하지만 자포자기한 심정으로 자기 자신을 부러 상처 주기 위해 이런 상황을 연출한 것일지도 모르겠다. 그러니 어떤 의미에서 여기에 휘말린 가해자 세 명도 강간이라는 의식은 있었다. 하지만 그건 '불쌍한 자신'을 토모노리가 걱정하게 만들기 위한 함정에 지나지 않는 것이다.

물론 그렇다고 사건이 벌어지지도 않은 거라고 말하지는 않겠지만, 죄는 죄, 벌은 벌이다. 아카리는 아무 말도 없지만 그게 아무 생각이 없다는 뜻은 아닐 것이다. 오히려 그는 이 상황을 뒤집을 방법을 생각하고 있으며, 아카리 같은 이가 생각하기 시작하면 그것은 현실화된다.

나는 기선제압을 한다.

"한자를 못 읽었는데, 종교의 종(宗)이라고 적고 물건이 싸다(安)고 적고, 마지막으로 테츠(徹)라고 하면 중국인인가?"

"네?"

"발신 이력에 있던 사람. 토모노리가 로비에 내려가 있는 동안 아카리가 전화했던 사람."

"그 사람은 그냥 친구예요."

"중국인?"

"아뇨. 무네야스 토오루라는 일본인이에요."

"나는 그 무네야스에게 이야기를 들어도 되고…… 아카리를 강간한 세 명에게 확인받아도 되고, 각막 수술에 실제로 얼마가 들었는지를 조사해도 돼. 고소를 하려는 마음은 없지만 변호사를 찾아가서 여러 가지 상담을 받을 수도 있고."

"왜요."

"물론 네가 희망하는 것처럼 토모노리에게 상담해도 되고."

"저는 거짓말 안 했어요!"

"응. 말은 안 했지만 그런 거잖아? 토모노리를 가지고 놀고 싶은 거 아냐? 간단해. 그 무네야스라는 친구, 토모노리에게 물어볼게."

나는 문 쪽으로 걸어간다. 아카리가 당황스러워한다.

"내밀한 이야기를 그렇게 멋대로 떠들지 말아 주세요."

"토모노리."

나는 문 너머로 말을 건다.

"네?"

흐리게 들리는 토모노리의 목소리. 바로 옆에 있다.

"토모노리, 무네야스라는 사람 알아?"

"응. 아카리를 강간했다는 애들 중에 하나야."

"응?"

놀랐어. 상상도 못한 일이다. 내가 짐작한 스토리에서는 토모노리와 실제로 재결합하기는 불가능하다는 걸 알고 있는 아카리가 현실적으로 자신을 위로해 줄 수 있는 다른 남자를 마련해 두고 있었고, 무네야스는 어장관리 후보들 중에 한 명이라고 생각했는데…….

설마 아카리와 무네야스가 구루가 되어서 토모노리에게서 돈을 뜯어내려고 벌인 짓이었나?

그것도 아니면, 아카리가 무네야스에게 약점 잡힌 거라도 있는 걸까?

아니. 아카리는 돈이 필요한 것도 아니고 약한 것도 아니다.

그렇다면 사건 이후에도 그저 무네야스에게 입질을 한 것이리라. 아카리답게, 괴롭히면서도 동시에 관심을 유발하기 위해서.

멋대로 한 상상이지만 기분이 나쁘다.

진실은 아무래도 좋다. 아카리가 나를 노려본다.

"아카리?"

"아니에요. 그런 게 아니라니까요."

그런 게 아니라는 건 대체 뭐가 아니라는 건지 나는 모르겠는데……. 하지만 아카리는 내가 눈치를 챘다고 생각하고 있다.

"어찌 됐든 상관 없어. 자세한 건 파고들지 않을 테니까 토모노리에게 접근하지만 마. 접근하지 않으면 나도 진상을 파고들지는 않을게. 돈을 돌려받으려고 하지도 않을 거고."

"잠깐만요. 이야기를 좀 들어 보세요."

"미안한데 방금 말했듯 나는 토모노리만 무사하면 되거든? 네가 가진 마음의 문제라거나 혼란스러운 상황이라거나, 난 관심 없어. 괜찮아. 토모노리에게는 아무 말 안 할게."

나는 방 안에 아카리를 남겨 두고 문으로 간다. 문을 열자 옆에 서 있던 토모노리가 다가온다.

"어떻게 됐어?"

"이야기 끝났어. 돌아가자."

"어떻게 정리된 건데?"

"내용은 안 알려 줘. 아카리와 약속했으니까. 너 때문에 아카리가 이상해져서 너를 떨어뜨리기로 한 거야."

"나 때문이라니."

"너한테 집착하면서 아카리가 쓰는 수단도 같이 이상해졌으니까."

"그러면 내 탓도 아니잖아."

그렇게 말하는 토모노리에게 아카리가 달려든다.

"토모노리, 내 이야기 들어줘. 제발."

절실한 목소리다.

"괜찮다니까."

나는 말한다.

"설명은 딱히 필요 없어. 다 해결되었으니까."

"뭐가……."라고 말하는 토모노리에게 "이제 가자."라고 말하며 나는 토모노리의 손을 잡고 걸어간다. 손을 잡아 보는 것도 오랜만이다.

"토모노리, 정말 미안해!"

아카리가 문 옆에서 소리친다. 우리를 따라오지는 않는다.

"뭐냐고 대체⋯⋯."

토모노리가 말한다.

"끝났어?"

"끝났어."

나는 이렇게 대답하지만 토모노리는 혼잣말을 한 것일지도 모른다. 아카리와의 관계가 미안하다는 말 한마디로 영영 끊어져 버렸나 싶기도 하지만 그렇게 감상적으로 변할 필요는 없다고 생각한다. 아마 아카리는 적당한 타이밍에 전하지 못한 미안함을 다시 한번 말하고 싶었던 것이리라. 이미지가 추락하는 걸 막기 위해 필사적인 것이다.

"토모노리. 치료비 40만 엔 말인데, 이건 못 돌려받아."

"응. 그건 상처를 입힌 대가니까 상관없는데, 호텔 요금은?"

"문제없대."

"⋯⋯."

"아카리와는 이걸로 완전히 끊어졌어."

"알겠어."

토모노리 역시 여러 가지로 생각해 봤을 테지만, 사실이 어떻든 결론은 동일하다. 아카리와는 이걸로 끝이다.

프론트 로비로 내려간다. 키시모토는 라운지에서 커피를 마시고 있다. 이런 장소에 와 본 적은 나처럼 거의 없을 텐데도 꽤나 차분한 것 같다. 분위기에 어울린다고 할까, 딱이라고 할까.

멋진 남자라는 생각에 나도 으쓱해진다.

"기다렸어."

"왔구나. 괜찮은 거야?"

"응. 아무렇지도 않아. 돈도 문제 없고 이야기도 잘하고 내려왔어."

"진짜? 잘됐네."

"미안해. 기껏 여기까지 같이 왔는데 로비에 혼자 내버려 둬서."

"괜찮아. 뭐라도 마실래?"

"그럴까. 술이라도."

"무슨."

"토모노리도 같이 가자! 오늘은 혼자서 고민하는 것

보다 사람들하고 같이 파―앗 하고 즐기자! 키시모토가 사 줄 거야."

내가 이렇게 떠들자 "응?" 하고 키시모토가 놀란다.

토모노리는 이러저러한 의심이나 감정을 감싸 안은 채, 긴장과 피로감이 축적되어 있는 듯 힘 없이 웃는다. 이자카야에 들어가 술을 마시기 시작하는데, 토모노리는 나처럼 술이 정말 약하다. 뜻 모를 말을 해서 모두를 당황스럽게 만든다.

"키시모토 씨, 누나를 잘 부탁합니다! 누나는 뭘 생각하는지 모르겠을 때가 있고 좀 음침해서 무서운데요, 사실은 상냥해요. 결혼까지 해 주세요!"

"무슨 소리를 하는 거야, 토모노리!"

"시끄러워! 나한테 맡기라니까!"

"우와! 술에 취하면 갑자기 센 척을······."

"내가 누나를 행복하게 만들어 줄게."

"그 말은 다른 의미로 들리는데."

"키시모토 씨라면 괜찮아. 내가 마지막까지 봐 줄게."

키시모토는 차분하게 웃고만 있지만 토모노리가 술을 계속 따라 주었으니 평소보다는 조금 더 취했으려나.

"키시모토 최고! 나 이제 취한 것 같아⋯⋯. 힘내!"

토모노리가 키시모토의 등짝을 팡 때리고 화장실에 가서 돌아오지 않는다. 가 보니 만취해서 자고 있다.

가게 점원에게 사과하고 키시모토가 토모노리를 등에 업은 채 일단 바깥으로 나와 택시에 올라탄다.

"미안 키시모토. 진짜로 미안. 민폐만 끼쳤네."

"괜찮아, 괜찮아. 즐거웠어. 남동생과 친해진 것 같아."

"친해졌다는 걸 내 동생도 기억하고 있으면 좋을 텐데 말야."

신주쿠를 지나서 심야의 고슈 가도를 달리던 와중 키시모토가 문득,

"카오리와 토모노리는 사이좋은 평범한 남매네. 나는 좀 더 질척한 관계를 상상했거든."

이런 식으로 말해서 나는,

"그러게."

적당한 대답으로 얼버무리고 키시모토가 눈치채지 않을 정도로 조금 울고 만다. 그런 말을 들으니 굉장히 힘이 빠지면서, 아아⋯⋯ 토모노리와 나는 남매라는 사

실을 확인받으니 지금까지 있었던 이런저런 일이 부왓하고 밀려와 가슴이 일순간에 괴로워진다.

키시모토는 아카리와 나, 토모노리 사이에 무슨 일이 있었는지에 대해서는 질문하지 않는다. 그래서 일단 내쪽에서 간단히, 아카리가 토모노리의 관심을 끌기 위해서 벌인 짓이 좀 과했던 거지, 하고 말해 둔다.

14

다음 날 오후, 키시모토의 방에서 자고 있던 토모노리의 핸드폰에 아카리의 메일이 도착한다.

"50만 엔을 입금했대."

토모노리가 말한다.

사실 수술비도 거의 보험으로 해결한 것이었다. 처음 아카리의 '강간 사건'에 대한 이야기를 들려주었을 때 토모노리가 내게는 말하지 않았지만 그 '가해자' 세 명과 토모노리 사이에서 둘을 중재한 사람이 '피해자'였던 아카리였다. 즉, 토모노리는 아카리가 비록 그 세 명과 같은 대학교에 다니긴 하지만, 혼자서는 그들을 만나지 않으려고 주의를 기울이는 편이고, 대학에서도 교실이나 라운지에는 사람이 많으니까 괜찮다는 식으로 아카리가 피해자라는 것을 스스로에게 납득시키려고 노력했지만, 결과적으로 그 피해자 겸 중재역에게 돈을 뜯겨 왔던 거다. 와…….

졌다. 나는 생각했다. 인간은 대단한 짓을 하는구나. 필요하지 않더라도 돈을 뜯어내는 경우가 있구나. 어떤 인간이라도 이런 일이 가능하리라고는 감히 생각하지 않겠지만.

키시모토도 나에게 이야기를 듣더니 놀라면서도 동시에 황당해한다.

"경찰을 불러도 이상하지 않네. 사건이잖아. 아니, 학생에게서 몇십만 엔을 뜯어내다니. 근데 50만이라고 말하지 않았어 방금? 10만 엔이 더 많잖아. 실제로 토모노리가 준 건 40만 엔이지?"

"그러니까."

나는 웃는다.

"10만 엔은 사과하는 거래."

이렇게 말하며 토모노리는 한숨을 쉰다.

토모노리가 '정 그러시다면' 하고 10만 엔을 태연하게 받을 리가 없다.

"음……."

키시모토는 곤란한 얼굴이다.

"그러니까 이 10만 엔으로 아카리는 다음 승부를 하고 있는 거야. 방에 물건을 두고 나온 것 같은 것이지. 한 번 더 만날 구실이 되니까."

"설마……. 범죄를 저지르고 있는 건데 만나서 무슨 말을 해? 이제 연애가 아니라 난장판이잖아."

"그래서 그런 거지. 아카리도 지금은 자신이 뭘 하면 좋을지 알 수 없는 상태라고 생각해. 계속 패닉 상태인 머리를 감싸 쥐고서, 일단 머리에 떠오른 행동을 하는 거야."

"그래서 어떡할 거야? 토모노리."

"돌려줘야겠죠. 하지만 돈을 건네는 어떤 방법도 귀찮게 되었으니, 이쪽에서 그냥 입금하겠습니다."

"어디에 입금할지는 알아?"

"저번에 40만 엔을 입금한 적이 있으니까."

"아."

"이제 말야."

내가 말한다.

"거기 아카리의 계좌는 그대로 남아 있을까요?"

바로 인터넷으로 입금 작업을 해 보지만, 3개월 전만
해도 멀쩡하던 '미와 아카리' 명의의 계좌가 없다는 알림
이 뜬다.

"대단하구만……."

키시모토가 중얼거린다.

"이런 일도 예상해서 계좌를 해약했다는 말인가?"

"글쎄."

나는 웃는다.

"우선 아카리는 돈을 돌려줄 방법을 찾지 못하는 상
황을 만들고 싶었겠지. 게다가 정말 치료비가 전부 보험
으로 해결되었는지 어떤지도 우리는 알지 못하니까."

"무슨 말이야?"

"예를 들어 치료비 10만 엔을 아카리가 부담했다고
하면."

"왜 그런 짓을?"

"그게 밝혀졌을 때, 다친 남자 쪽에도 토모노리 쪽에
도 심리적인 부담을 지우는 일이 가능해지거든."

"음……."

키시모토는 이렇게 놀라지만, 동시에 그런 발상도 가
능하다는 리얼리티에 압도당해 그 감각에 지배된다. 단
순한 '가능성'으로서의 이야기다. 괴담 같은 거지. 조금
겁주려고 했을 뿐이야.

토모노리는 침묵하고 있다.

"토모노리, 돈은 어떻게 할 거야?"

"어떻게 하면 좋을까……."

"돌려주러 가?"

"또 보고 싶지는 않은데."

"그렇다고 가지고 있을 거야?"

"음, 돌려주고 싶어."

"집안 사람에게 돌려주는 방법은?"

"그것도 좋지만. 그럼 이야기가 복잡해질 게 눈에 보
여."

"친구는? 아카리의 친구."

"그 편이 가장 나으려나. 하지만 친구면 완전히 아카

리 편일 텐데."

아직 무르구나 토모노리. 필요 없는 돈을 손 안에 두는 것은 10만 엔 분의 빚을 지고 있다는 것과 같다. 아카리에게서 억지로 10만 엔을 받았다는 소문이 돌게 되면 그 누구도 귀찮게 실제 경위를 판단해 주지는 않을 것이다. 결국 네가 10만 엔을 들고 있잖아, 하는 이야기로 끝.

이런 설명조차 복잡하니까 말이지.

"토모노리, 오늘이나 내일 무슨 수를 써서라도 아카리 친구에게 전달하고 와. 봉투에 현금을 넣어서 맡겨 버리면 되니까. 아카리와 가장 친한 친구가 아니면 안 돼. 아카리와 거리를 두는 친구라면 관련된 돈을 절대로 맡으려고 하지는 않을 거거든. 아카리를 100퍼센트 믿을 것 같은 친구에게 중요한 물건을 맡기는 것처럼 잘 전달하고 돌아와."

"에?"

그로부터 열흘 동안, 토모노리는 아카리의 친구를 끌어들인 탓에 수라장에 휘말린 것 같다. 어느 날 내게 전화해서 이야기한다.

"이제 뭐가 뭔지 모르겠어. 아카리의 친구도 완전히 포섭된 것 같아. 돈 문제로 더럽다거나 폭력을 휘두른다거나, 의견이 바뀐다거나. 멋대로 이야기를 하고 있어서 내가 완전히 나쁜 놈이 되었어."

정보전에서 아카리에게 이길 수는 없다. 채널도 많이 가지고 있다. 선전 매체도 많고 인재를 보는 눈도 뛰어나다. 생각하는 것은 얕은데 얼핏 보면 정상처럼 보이는 데다 워낙 프라이드가 높으니까 남들을 깔보면서 반대 의견을 억압해 나가는 식으로 짜증 나는 녀석들을 잘 컨트롤하고 있는 것이리라. 독으로 독을 제압한다는 생각으로 강력한 자세를 취하지 않으면 아카리를 무찌를 수는 없을 것이다. 그런 방식은 독에 접근하는 것을 싫어하는 보통 사람에게는 불가능할 것이다.

가을이 끝날 무렵에는 대학을 그만둘까 말하는 토모노리에게 대학은 학문의 장소니까 공부나 하라고 설득해서 계속 다니게 한다.

"나쁜 소문 때문에 네 이미지가 추락했을지도 모르겠지만 아무리 네가 공격을 받더라도 너의 본질이 바뀌는 건 아냐. 도발에 응해서 네 본질과는 다른 이상한 행동을 하게 되면 그쪽의 전략에 넘어가는 셈이야. 그쪽에서는 네가 무너지는 걸 끈질기게 기다리면서 여러 방면에서 양동작전이나 다른 작전을 걸어오겠지만 결국에는 단 한 가지 방법으로 승부하는 쪽이 강하거든. 너는 네가 해야 할 일을 하면 돼. 네 주변에서는 너 때문에 자기들도 피해를 입었다는 식의 모호한 불평을 하는 녀석도 나올 수 있을 거야. 그 애들도 자기도 모르게 아카리의 손바닥 안에서 놀고 있는 거거든. 튕겨 내면 돼. 끝에 가서 친구들의 숫자는 인간으로서의 가치나 평가에 크게 관계없으니까. 친구는 양보다 질이야. 진정한 친구라면 있는 그대로인 너를 봐 줄 거야. 힘내."

겨우내 동굴 속에서 동면하는 곰처럼 혼자 조용히 대학교에 다니는 생활에 토모노리도 곧 익숙해진다. 그러나 토모노리는 필사적으로 익숙해진 것처럼 보여 주려고 할 뿐이지 무너지고 있다. 그야 그렇다. 올바른 의견이 통하지 않는 세계에서 제정신을 유지한다는 것의 어려움.

하지만 그게 아니란다, 토모노리. 올바른 의견은 타인을 교정하기 위해서 존재하는 게 아니다. 올바른 의견은 어디까지나 '나'라는 잠수함의 주위 상황을 확인하기 위해 발신하는 소나인 것이다. 자신이 옳다고 느끼고 믿는 의견을 퐁! 하고 보내서, 돌아오는 반향음으로 지형을 조사하는 것이다. 소나로 내 앞의 길이 열릴 리는 없다.

한 인간의 주변에는 언제나 여러 사람이 있기 마련이니 어느 누구도 다른 사람의 의견을 온전히 받아들이지는 않는 법이다. 사람에게는 각자 다른 생각, 느낌, 가치관, 행동 원리가 있다는 사실은 누구나 기본 전제로 품고 있다. 서로의 차이점을 인정하기 때문에 본질은 변하지 않는다. 다들 자기가 믿는 대로 살아간다. 하지만 동시에 인간은 고독이나 고립에서 위기를 느끼는 약한 동물이니 주위 분위기나 집단이 나아가려는 방향을 읽는 능력역시 발달해서, 다수, 혹은 목소리가 큰 쪽에 붙으려고 든다. 그런 사실을 잘 알고 있기 때문에 언제나 아카리는 승리하는 것이다.

토모노리, 네가 그런 전법을 싫어한다면 너에게 승산은 없단다. 이렇게 말을 하긴 하지만, 인생에 승리나 패배 같은 건 없다.

성취감과 좌절감뿐이다.

그리고 아카리 문제로 토모노리에게 주어진 좌절감 따위는 본래 느낄 필요도 없는, 토모노리가 멋대로 느끼는 좌절감이다.

정직함으로 사람은 변하지 않는다. 정직함으로 사람을 움직이는 것은 불가능하다.

하지만 한 사람의 의견이나 감정은 주위에 영향력을 행사한다. 누군가의 생각을 듣고 내 생각에도 반영하거나, 혹은 누군가의 감정을 느끼고 자신의 기분이 변하기도 하는 것이다. 그런데 여기에는 시간이 필요한 법이고 나와 다른 의견이나 감정이 외부로부터 항상 들어오기 때문에 어떤 형태로든 곧바로 드러날 수는 없다. 그러므로 잠수함이 지나간 뒤에 지형이 살짝 변하는 경우는 설혹 있을지도 모르겠지만, 이미 멀리 떠나 버린 배에게 그것은 상관 없는 일이다.

조후의 집에서 토모노리는 겨울방학이 된 뒤에도 계속 친구들이나 자신이 처한 상황에 대한 불만만을 털어놓는다. 나는 결국 화를 낸다.

"너 그렇게 투덜거리기만 하면 짜증 난다고! 네 세계

관과 실제 세계는 상관 없다고! 이렇게 되면 좋겠다는 형태와 실제의 형태가 다르다는 데 실망해서 기분이 상할 정도면, 실제와 다른 세계를 바라지 않으면 되잖아! 이상과 현실의 갭을 있는 그대로 받아들이지 못할 거라면 이상을 이야기하지 마! 사람들 앞에서 이상을 말하고, 멋지게 보이고 싶을 뿐인 어린애와 다를 게 없다니까! 진짜 이상주의자는 갭을 확인하고 나서 그 갭을 메우기 위해서 현실에서도 노력하니까!"

어쩌면 나는 나의 이상을 말하고 있는지도 모르겠다.

"누나가 어려운 말도 하네."

엄마가 흥미롭다는 듯 웃으면서 말한다.

얼마 지나지 않아 토모노리는 두통을 핑계로 아침에 일어나지 않고, 멍하게 앉아 있을 뿐 집 밖에도 나가려고 하지 않는다.

나는 물어본다.

"밤에는 자는 거야?"

"아니."

늦잠을 잔 것이 아니라 침대에서 밖으로 나올 기력이 없는 것이었다. 우울증일지도 모르겠다는 생각이 들어

병원에 보낸다.

우울증이었다.

하지만 우울증은 우울증이다. 약도 있고 치료법도 있으며 해결하는 방법도 있다.

토모노리는 조후에 있는 우치다 클리닉에 다니다가 학기가 시작되며 카나가와에 있는 병원을 소개받아 건강과 기분을 회복해 나간다. 2학년이 되자 아카리에게는 또 다른 남친 같은 남친이 생긴 모양인지 토모노리의 주변은 평온해지지만, 멀어져 버린 친구에 대한 실망은 여전하고 그 친구들도 반성하고 있는지 풀 죽은 채 지내는 것 같다. 카나가와 방면은 뭔가 어둡구만, 하고 여기던 와중, 조후에 사는 나와 키시모토에게도 이별이 찾아온다.

15

바보처럼 보일지도 모르겠지만, 3학년이 되어 키시모토와 취직은 어떻게 할까 따위의 대화를 하던 중 문득 나 역시 아직 키시모토와의 결혼을 생각하지 않고 있긴 하지만 키시모토는 나와의 장래를 생각하고 있는 건지 신경 쓰인다. 키시모토가 장래의 전망을 말할 때 나라는 요소가 거기 들어가 있지 않으면(나 혼자 그렇게 생각할 뿐이지만) 마음이 혼란스러워지는 것이다. 미래 보장 같은 건 그 어디에도 없다고?

알고 있지. 하지만 지금 느끼는 감정이 미래에도 연

결되는 법이잖아! "미래의 일은 잘 모르겠는데……."라고 말하는 것도 물론 진심이겠지만 굳이 그 사실을 말할 필요는 없지 않아? 나는 짜증이 난다. 키시모토는 계속 내가 좋다고 말해 주고 있는데. 지금까지 그랬던 것처럼 변하지 않을 거라고 이야기하고 있는데. 결혼했으면 좋겠다고 말하기까지 하는데.

불확실한 것밖에 뽑을 수 없는 미래행 티켓에 확실한 무언가를 요구하는 내가 잘못된 것이다. 현재가 진짜라면 미래에도 그건 진짜가 될 수 있는데, 그것을 믿는 인내력이 없었다. 마음대로 해 버린 상상과 질문으로 결국 나 자신을 당혹스럽게 만들었다.

나는 키시모토에게 무엇을 요구했던 것일까? 키시모토는 뭘 어떻게 하면 좋겠냐고 계속 물어보고, 나도 그럭저럭 대답은 하지만 역시 알 수 없었다. 일단은 나를 진정시켜 줬으면 했는데, 키시모토가 바로 그렇게 해 주겠다고 말해 주는 거나 실제로 해 주는 것 모두에 반발해 버리고 말았다. 결국에는 나를 위해 곁에 있어 주는 것까지도 나는 거부하게 되었다.

"우리 관계에서 카오리 안에 무언가 자가중독 같은

현상이 일어나고 있는지도 모르겠네."

이렇게 말하는 키시모토의 모습이 꽤나 지쳐 보여 안쓰럽고 미안한 마음에 나 자신을 용서할 수가 없어져,

"응. 나, 혼자가 되고 싶어."

이렇게 말했다.

헤어지고 나니 실제로 편해졌다. 안심도 되고 조금 즐겁기도 했다.

미래도 모두 사라졌지만 눈 앞에 있는 일을 하기만 하면 된다는, 부담도 적고 가벼운 나날이었다.

학교에서 키시모토와 만나지 않는 여름방학 동안 나를 리셋할 수 있지 않을까 기대가 되었다.

오라센 본가와 여름 축제. 가지 않는다. 그러나 다른 곳에 있어도 계속 축제를 떠올리게 되어 마음이 불안해진다. 키시모토는 센가와에 살고 있으니까 분명 삼바나 밤의 포장마차를 보러 갈 것이다. 재밌어 보인다. 나를 찾아 줄까? 나를 축제에서 찾는 키시모토를 찾으러 센가와에 가고 싶다. 그러다 방심해서 키시모토에게 전화를 걸고 만다. 키시모토는 받지 않는다.

다행이다. 조후 역까지 슬렁슬렁 자전거를 타고 가

개찰구를 지나 멍하니 플랫폼에 올랐지만 보통 열차에는 일부러 타지 않고 급행에 올라타 센가와 역을 지나친다. 신주쿠 덥네……. 여름의 신주쿠는 더운 데다가 냄새까지 나지만 그게 마냥 싫지는 않다. 달궈진 콘크리트 위를 많은 사람들과 걷고 있으면 좋은 느낌으로 슬퍼진다. 인파 속에서 옛날의 일을 떠올린다. 자꾸 키시모토만 떠오르는 게 싫어져서 핸드폰을 만지다 사사키 하나 씨의 이름을 발견한다. 순간 누구인지 몰랐지만 곧 떠올린다.

아! 아빠의 애인이었지. 1년 전의 오늘이었구나.

그래서 계속 내버려 두었던 메일에 답장을 써 본다.

잘 지내셨습니까. 히로타니 카즈시의 딸 카오리입니다. 바로 1년 전에 메일을 받았는데 답장을 하지 않아 죄송합니다. 어떻게 지내세요? 오늘도 센가와에 축제를 보러 가셨나요? 저는 올해는 가지 않았습니다. 그럼 이만.

무슨 일이든 타이밍이구나 싶다. 답장을 기다리며 신주쿠 키노쿠니야 서점을 두 군데, 본점과 미나미점을 돌아다니자 배가 고파졌고, 타카지마야의 레스토랑에서 생햄과 아스파라거스를 넣은 차가운 파스타를 천천히 먹던 와중 10시 반쯤 답장이 온다.

　오랜만이에요. 지금 여름휴가로 몰디브 섬에 놀러왔어요. 오늘 다이빙에서는 고래상어를 봤습니다. 해피합니다. 하지만 너무 지쳐서 지금부터 밥만 먹고 바로 자려고요. 귀국하면 다시 메일 할게요.

　오, 다이빙인가? 몰디브 섬은 어디? 그나저나 차분한 분위기인 사사키 하나 씨가 해외 바다에 들어가서 상어 바로 옆을 헤엄친다고 생각하니 재미있다. 신기해.
　나는 저녁을 먹고 신주쿠에서 집으로 돌아와 인터넷에 '몰디브 섬'을 검색해 본다. 인도 바로 옆에 있는 몰디브 공화국. 헤에. 고래상어 크잖아! 무서워! 동영상도 시청한다. 짙고 푸른 바닷속에 살고 신장이 10미터나 되며 아가미와 꼬리가 달린 회색의 길고 얇은 도라야키*가 느릿느릿 바닷속을 헤엄치고 있다. 이런 장면을 비행기를 타

---

* 밀가루와 팥으로 만드는 빵이다. 전병처럼 얇고 넓게 생긴 것이 특징이다.

고 보러 가다니……. 대단하게도 노는구나.

몰디브 사진 속 잔잔한 바다가 지나치게 아름답다. 하얀 모래사장이 쑤욱 파도가 없는 바다로 미끄러져 들어가고 투명했던 물이 바다 멀리 나가면 에메랄드 그린, 더 멀리 나가면 완전 파란색! 바로 앞 야자나무 몇 그루는 줄기가 크게 휘어져 나뭇잎이 바다 표면에 닿을 정도다……. 겹낫표 붙은 낙원 그 자체! 거짓말 같아!

만약 내가 사사키 하나 씨와 사이좋게 지내서 아빠와도 어떤 형태로든 잘 지내고 있었다면 같이 몰디브에 가는 일도 가능했을까? 띠옹.

예전의 나였다면 스스로 목을 조른 뒤 머리를 잡아 뽑아 어디 절벽에서 발로 차 밀어 버렸을 것 같은 상상을 하다가 문득, 나는 왜 이 발상에 놀라고 있는 것일까? 자존심이 없어서? 아니, 그런 게 아니라 사사키 하나 씨와 잘 지낸다는 게 이상한 것이다. 분명 적이었던 사람이다.

하지만 작년 축제날 밤 하나 씨와 마주쳤을 때, 나는 나 자신이 하나 씨와 엄마 아빠의 삼각관계 바깥에 있는 존재라고 확실히 깨달았다. 내가 친하게 지내든 말든 그건 나의 자유다. 지금은 그렇다는 걸 알고 있다.

그럼 이 죄악감은 어디에서 오는 걸까……. 이 실체를 조사하기 위해 몰디브나 다른 남쪽 나라의 섬에 나를 데려가 주기를 원하는 것은…… 물론 아니지만 나는 하나 씨에게 접근해 보기로 한다.

어차피 한가해서 설렁설렁 시간을 때울 뿐인 매일이다. 그러나 생각지도 못한 일이라고 할까, 마음 한구석에서는 내심 짐작하던 일일지도 모르겠지만, 콰쾅! 하고 큰 물건들이 서로 부딪치는 것처럼 나와 하나 씨는 갑작스럽고 강렬하게 친해진다. 기본적으로 마음도 통하지만 무엇보다 하나 씨는 재밌어! 말하면서 이 실감에 놀라 흥분해 버려! 뭐랄까, 횡설수설하게 되는 것 같다. 그런 스스로에게 놀란다. 사람과 대화하면서 긴장감을 느끼는 것도 오랜만이다. 하지만 동시에 박장대소를 하게 되니 참 이상하다!

대단한 이야기를 나누는 건 아니다. 몰디브에 대한 이야기. 바닷가 바로 앞에 계단이 있어 거기서부터 새파란 바다에 뛰어들면 물고기 떼가 모여들기도 하고, 우기라 일단 비가 내리면 소나기처럼 쏟아지는데 바닷물 속에 몸을 담그고 얼굴만 물 위로 내민 채 비를 맞으면 기분이 좋아지고, 눈을 감고 있는 동안 비가 그쳐 햇빛이 내리쬐기 시작하면 다시 밝아진 바닷물 속으로 들어가기도 한다.

우기의 바다라 대단히 투명하지는 않았지만 그래도 멀리까지 아름답게 보였다고 한다. 하나 씨는 다이빙 수첩 같은 것도 보여 준다. 바다거북과 나폴레옹피쉬, 트리거피쉬, 쑥감펭과 가시돔 같은 생물. 흰동가리와 바다거북은 알겠지만 다른 생선은 뭐가 뭔지 상상조차 어렵다! 일단 뭐라고 표현하면 좋을까, 헤븐리!

"카오리도 같이 가자. 분명 마음에 들 거야."

하나 씨는 그렇게 말해 준다.

"자격증은 3일이나 4일, 도쿄도 안에서 딸 수 있어. 다이빙 숍에 이틀간 다니고 1박 2일 정도 이즈 같은 곳에 실습하러 가면 금방이거든. 비용은 5만 엔 정도? 비싸다고 여길지도 모르겠지만 아르바이트를 하면 바로 모을 수도 있고, 취직을 한다면 어느 정도 자유롭게 쓸 수 있는 돈이 생기기 마련이니까."

하나 씨와 이야기하면서 아아 그런가 생각한다. 저

몰디브의 생생한 낙원의 풍경도 CG가 아니라 실사고 이세계에 존재하고 있는 것. 인도 저편이면 꽤나 먼 거리지만 비행기가 오가고 있으니 돈만 있으면 갈 수 있다. 다이빙은 대체 어떻게 하는 건지 상상해 본 적도 없지만, 숍? 이런 데 가서 자격증을 따기만 하면 일단 허가증을 받을 수 있다. 스쿠버다이빙을 하겠다고 갑자기 몰디브 공화국까지 갈 필요는 없다. 이즈 반도에서도 가능한 것이다.

"이즈는 그래서 참 좋아. 나는 곶에서 땄는데, 쥐치나 정어리 떼, 잿방어 떼를 볼 수 있거든. 해우도 무척 예쁘고."

해우는 처음 들었을 때는 무슨 동물인지 몰랐는데, 바다뱀이 그런 것처럼 '바다에 살고 있는 소'라는 뜻이 아니었다. 뭐야 이거? 극채색의 일본 과자, 혹은 달팽이처럼 생겼다……. 아하하! 바다 생물은 도무지 알 수가 없다.

개인 회계 사무소를 소유한 하나 씨와 대화하면서 내가 고맙다고 생각하는 것은 내게 남쪽 나라의 섬처럼 실감이 들지 않는 먼 곳도 나의 힘만으로 갈 수 있다는 현실 감각을 준 것이다. 즉 꿈은 손이 닿지 않는 대상이 아니라 스스로 도정을 만들어서 다가가는 것으로, 충분히 가까워지는 것도 가능하거니와 신중히 길을 고른다면 꿈을 이루는 것도 가능하다는 걸 알려 주었다. 중요한 것은 구체적인 전략이다! 꿈을 목표로 삼고 그것에 도달하기 위한 실천적 방책을 짜 내야만 한다!

웃음이 나온다. 내게도 여러 가지 일들이 가능하다니. 이런 묘한 자신감에 휩싸여, 근거 하나 없이 자신감만 가득한 젊은 사람처럼 보일지도 모르겠지만 솔직히 말해서 인생은 자기 하기 나름이라는 생각. 딱히 나쁜 건 아니잖아? 나는 하나 씨에게 키시모토와의 일도 상담하지만 하나 씨는 조언을 하지는 않는다.

"자신의 기분에 맞서 싸우는 것도 괜찮아. 그런 고민 때문에 괴로워하는 것도 중요할지 몰라. 반드시 도움이 된다고는 할 수 없지만. 그런데 앞으로의 일보다도 지금 네 남자 친구의 문제가 가장 중요한 거잖아. 잘 생각해 보는 게 좋아. 혹시나 지금보다 더 좋은 남자 친구가 생기지 않을 가능성도 있으니까 말야."

더 알 수 없게 되었잖아! 그게 중요한 문제인데. 키시모토보다 더 좋은 사람이 나타나지 않을 것이라는 게 포인트고 그것 때문에 내가 괴로워하는 건데! 다른 사람이 보기에도 그런 건가? 아니, 하나 씨가 키시모토를 잘 알고 있는 건 아니니까.

어느 날엔가는 하나 씨에게 전화로 키시모토에 대한 고민을 털어놓거나, 지금대로 지내는 게 좋겠죠? 같은 확인을 청하거나, 기분을 전환하기 위한 잡담을 지껄이는 등 일방적으로 말을 쏟아 내느라 화제가 루프 루프, 죄송한 상황이 되었다. 그런데 하나 씨는 귀찮아하는 모습을 전혀 보이지 않는다……. 아니, 그렇지도 않은가.

"네. 계속 이야기해 보았자 결말이 나지 않으니 끼어드는 건데, 혹시나 카오리, 키시모토와의 관계는 이제 손쓸 도리가 없고 더 이상 방법이 없다는 걸 스스로도 알고 있는데 그렇다고 타인 관계로 지내기는 싫으니 아직 문제가 남아 있는 것처럼 이야기할 뿐, 실제로는 키시모토라는 사람의 이름을 불러 보고 싶은 것 아니야? 염불하는 것처럼 말이지."

꽤 강력한 대답이었던 탓에 나는 할 말이 없어진다. 핸드폰을 잡고 있는 손이 떨렸지만 하나 씨는 계속 말한다.

"그래도 괜찮을 거야. 문제가 네 안에 있다는 사실은 그전부터 그랬으니까. 키시모토라는 이름이 정말 단순한 염불이나 타이틀처럼 변해 버렸다고 한다면, 그 말은 즉, 키시모토라는 문제가 카오리 안에서 의미를 잃어버렸다는 것이고, 헤어질 남자 친구에 대해서 하는 이야기치고는 순조롭게 진행되고 있는 것 아닐까?"

아냐! 하고 한순간 거부반응이 오는 건, 다시 말해서 하나 씨의 말이 부분적으로는 옳다는 직감이거나 혹은 어떤 종류의 사실을 생각지 못한 각도에서 지적당해서 반사적으로 부정하고 싶었던 것뿐일지도 모른다.

나의 키시모토 이야기도 점차 빈도가 줄어든다.

나에게 키시모토는 기호가 되었다.

아빠에 관한 이야기도 편하게 나오지만, 그건 하나 씨의 남자 친구로서 꺼내는 이야기이기 때문에 나와는 관계없다. 하나 씨와 우리 아빠는 열정적으로 연애하는 건 아니고 미묘한 거리를 유지하면서 가끔 데이트하고, 매일 만나거나 아니면 만나지 않거나 하면서 지내는 것 같다.

"그게 편해서 그런 거예요?"

나도 묻는다.

"어른이라서?"

"딱히 어른이라서 그런 건 아냐. 물론 나도 결혼이나 가족을 갖는 일에 대해 떠올려 볼 때가 있지. 그런데 여러 가지 문제가 있어서."

"제 아빠와는 결혼하지 않는 편이 좋다는 건가요?"

"그런 건 아냐. 둘 다 진지하게 제대로 사귀고 있어. 카오리도 좀 더 나이가 들면 깨닫겠지만 어른은 아이의 연장선 상에서 살아가는 존재들이니까 어릴 적에 가졌던 감각들을 전부 그대로 가지고 있거든. 좀 더 침착해지고 또 작은 실패로는 좌절하지도 않고 머리에 피가 몰리지도 않기 때문에 천천히 생각하는 것도 가능해지기는 하지만, 인간의 기본적인 핵심은 전혀 변하는 일이 없지. 카오리도 이제 스물한 살이지? 원래 어른을 훨씬 더 메마른 존재 쯤으로 생각했는데 전혀 뜻밖이라고 생각한 적 없어?"

"정말 그래요. 아니 저는요, 어릴 때가 지금보다 더 다채롭게 생각했던 것 같은데요?"

이제 나는 내가 정말 임상심리사가 되고 싶은지도 잘

모르겠다. 최근에는 줄곧 '헤어진 남자 친구에 대한 불평을 중얼거리면서 시간을 때우고 있는 여자애' 그 자체가 되어 버린 것 같다. 고등학생 시절에는 그런 모습에 혐오감이 일기도 했지만 지금의 나는 알고 있다. 별 볼 일 없는 일에 인생을 낭비하고 있다는 시각 자체가 잘못된 것이라는 것을. 실제로 서툴고 진부하니 별 볼 일은 없지만 일상의 이런저런 일들은 보잘것없고 지루하면서도 중요하다. 분명 인생이라는 것 자체가 별거 없을 것이다. 특별한 인생은 없다. 나의 눈에 특별하게 보이는 타인의 인생도 실제로 느끼기에는 큰 차이가 없다. 잘난 것도 없고 지겨울 뿐인 하루하루를 살아가다가 오랜 시간이 지난 뒤에 눈을 한 번 감았다가 뜨면 아무것도……. 그럼에도 불구하고 삶에는 의미가 있고 살아갈 가치가 있는 것이다.

그렇기에 나는 잘날 게 없는 자신의 인생을 포기하지 않고 뭐라도 좋으니까 목표를 가지는 편이 좋다고 생각한다. 결과가 어떻든 간에 이상을 가질 필요가 있다. 나는 나를 위해 노력이라는 것도 하고 싶다.

노력하고 싶다! 응. 내 안에는 힘이 있다. 그 힘을 사용하고 싶다. 아무리 미약한 힘이라도 역시 내버려 두면 아까우니까.

제대로 살아가고 싶다!

취직도 해 보고 싶어!

돈을 벌어서 나의 힘으로 살아 보고 싶다!

뭘 하면 좋으려나?

일단 임상심리사도 괜찮다. 다른 하고 싶은 일이 없다면 지금 현 상황에서 현실적인 선택지를 고르면 된다. 일의 보람이라면 어떤 일에서도 찾아낼 수 있기는 하겠지만 임상심리사의 일은 사람들에게 직접적인 도움이 될지도 모르니 기쁨이나 그 밖의 감정을 바로 느낄 수 있는 만큼 하고자 하는 마음도 보다 수월하게 먹을 수 있을 것이다.

16

본격적으로 임상심리 공부를 시작하기로 한다. 지금
까지는 수업에 잘 참여하고 노트 필기도 하고 책도 읽고
했던 것이 전부였지만 이제부터는 계획을 세운다. 전략
을 수립한다.

대학원에 가지 않으면 일본 임상심리사자격인정협회
의 시험을 볼 수 없다. 내가 다니는 풍월당 대학교와 다
른 지정 대학원의 커리큘럼을 비교해 본다. 읽었던 책의
저자가 어디에 있는가. 인터넷에서 논문도 검색해서 읽
어 본다. 선생님에게 상담을 받고 학회에도 따라 참석해

본다. 그 결과 풍월당 대학교의 대학원으로 진학하기로 결정을 내린다. 알고 지내는 교수님도 늘어난다. 사실 시무라 유우코 선생님에게 내가 노력하는 모습을 보여 주고 싶었다. 이상한 동기라는 생각이 들지만 괜찮다. 동기가 어떻든 상관없다. 풍월당 대학교 부속병원도 멋지고, 심지어 가까우니까.

문제는 대학원에 가려면 더 많은 돈이 들어간다는 사실이다. 나는 아빠를 만나러 간다. 하나 씨와는 관계없는 일이니 이것까지 상담을 청하지는 않는다.

아빠의 맨션에는 다른 여자가 있다. 아빠는 허둥지둥한다. 그럴 거면 고추를 잘라 버리는 게 어때?

나는 대학원 비용에 대해 이야기를 꺼낸다. 딱 좋은 타이밍인지도 모르겠다.

"좋아. 알았어. 그 대신에라고 말하면 좀 그렇지만, 오늘 일 하나에게는 말하지 마. 요즘 너와 친하게 지내고 있는 것 같은데. 그…… 걱정하게 만들어서 너한테는 미안하다."

걱저엉? 폐를 끼치는 거겠지. 그런 생각이 들었지만 꼭 그런 것도 아니다. 딱히 나의 문제라고 할 수도 없다.

"당신과 하나 씨의 문제잖아. 쓸데없는 이야기는 안 해. 그리고 대학원에 쓰는 돈은 가능하면 빨리 갚을게. 고마워."

이렇게 말하고 나서 집으로 돌아오는 길, 전철 안에서 조금 울어 버린다. 남자란 참 대단해. 고추 하나로 이렇게 많은 사람들을 휘두를 수가 있다는 게 말이지.

적어도 아카리는 지략을 사용해 끊임없이 공작을 벌여 전체적인 밸런스에 신경을 썼는데……까지 생각이 이르자 나는 토모노리를 떠올린다.

토모노리는 아빠에 대해 어떻게 생각하고 있는 걸까? 토모노리가 돈을 써서 아빠가 애인과 헤어지도록 만들 수 있겠다는 이야기를 했었다는 기억이 나면서…… 비슷한 짓을 내가 아카리에게 저질렀다는 사실을 떠올린다.

40만 엔을 썼지만 50만 엔이 돌아왔다. 토모노리가 아카리와 헤어지지 못했던 것도 아빠가 그렇게 된 데의 반동적인 영향이었을까? 자신만큼은 단 한 명의 여자와 사귀겠다는 각오였던 걸까?

정월 새해에 토모노리와 만났을 때 묻는다.

"아니 딱히. 아카리와 사귈 때 내가 노력했던 건 아카리를 위해서였던 거지, 아빠처럼 되고 싶지 않아서 그랬던 건 아니야. 응, 뭐 그렇지. 그런데 확실히 아빠 같은 아버지는 되고 싶지 않다는 마음은 있을지도 모르겠어."

"아빠처럼 나쁜 남편이 되고 싶지 않은 게 아니라?"

"아, 그런가. 그쪽인가. 응······. 그럴지도. 잘 모르겠다."

이건 실제로 고려해 본 적이 없구만. 자신에게 주어진 영향력에 대해 생각해 보지 않다니, 위험하게 살고 있구나. 그래서일까? 토모노리가 새로운 여자 친구를 만들었다고 들었을 때 들었던 일말의 불안이 다가온 봄에 적중하고 만다.

토모노리의 여자 친구는 한 학년 아래의 대학생으로, 3학년부터 도쿄 소재의 학교에 다닐 예정인 토모노리와 헤어지는 게 싫다고 억지를 부리다가, 물론 여기까지는 일반적인 반응이지만, 바람을 피우는 건 뭐랄까······ 좀 그렇다.

"내 탓이라는 말을 들었어. 내가 3학년이 되면 도쿄로 돌아간다는 것도 이미 알고 있었는데 장거리 연애는 안 된다는 거야. 그건 무리라면서 멋대로 결정 내리고. 제대로 내 마음을 전달했는데도 말이지. 좋아하니까 앞으로도 사귀고 싶다고…….”

키시모토가 그런 식의 이야기를 했었다는 기억이 난다. 나도 비슷한 느낌으로 관계가 엉망진창이 되어 버려서 그 자체에 지쳐 헤어져 버리고 말았던 건데…….

“바람피우는 건 안 돼.”

나는 말한다.

“뭐든지 정도라는 게 있어. 바람피우면 아웃. 논외.”

이렇게 말할 수 있는 건 내가 바람을 피워 보지 않았기 때문일까? 찬스가 있었으면 나도 바람을 피웠을까? 그런 생각도 해 보지만 아니다. 모르겠지만 아마 나는 바람을 피울 타입의 여자는 아닌 것만 같다.

그나저나 섹스가 그렇게 쉽게 이뤄질 리가 없잖아?

내 안으로 상대를 집어넣는 거고, 무섭지 않으려나?

물론 각자 받아들이는 게 다 다르겠지. 뭐든지 어떤 정도나 적성이나 생각하는 바나 느끼는 바가 사람마다 달라서 무섭지 않은 사람은 무섭지 않은 것이리라.

일단 그 애는 토모노리를 배려하지 않으니까 애인으로서 실격이다.

외로움을 구실로 멋대로 살지는 마!

"친구가 그러는데 내가 비치(bitch) 마그넷이라고 하더라."

토모노리가 전화로 말한다.

"뭐야 그게."

"비치만 끌어들이는 자석이라는 말."

"좋네."

"글쎄, 좋은 건 아니야. 내가 이렇게 연애를 못하고 뭔가, 내가 직접 말하는 건 이상하지만, 너무 상냥해서 상대방을 안 좋게 만드는 게 아닐까 하는 생각도 들어. 내가 이상한 여자만 좋아했다기보다도……."

"뭐어? 헤어지고 나면 여자는 남자 입장에서 전부 비치겠지."

이렇게 말하고 넘기긴 했지만 정말 특정한 인간의 성질을 끌어당기는 체질이라는 게 존재하는 걸까. 토모노리는 특유의 상냥함으로 상대를 끌어당기는 면이 있달까, 성격이 유해서 상대방을 스포일(spoil)하는구나 생각한 적은 있지만, 토모노리와 사귀는 동안 여자 친구가 변해 버리는 것이 아니라, 처음부터 그런 기질을 가지고 있는 여자가 토모노리의 냄새를 맡고 나서 빨려 드는 게 아닐까?

하지만 시오나카 씨……. 와, 이름을 발음하는 것도 오랜만인데, 그 친구는 정상이었지……. 혹시나 그런 애도 토모노리와 좀 더 오래 사귀었더라면 속에 품고 있던 비치성을 발휘했을까?

그리고 떠올린다. 토모노리와 나누던 텔레폰 섹스. 그런 기질이 있는 애였구나. 하지만 야한 건 그다지 나쁜 일이 아니다. 남자 친구였던 토모노리와 둘이서 무엇을 하든 그들의 자유다. 이것도 정도의 문제로, 성욕이 있으면 비치라거나 강하면 비치다, 하고 쉽게 정리해 버릴 수는 없다.

도대체 여자는 무엇 때문에 비치로 간주되는 거야?

내 생각대로라면 '비치=너무한 사람, 싫은 사람, 나쁜 사람'인데……. 과연 그럴까? 여자들끼리라면 '싫은 여자', '마음에 안 드는 여자'도 비치일 테니 그럼 내가 농담으로 말한 것처럼, 나를 포함해서 누군가에게 비치라고 불리지 않는 여자는 단 한 명도 없을 테다.

곰곰 따져 본다.

내가 비치인 것도 가능한가?

상대 평가, 혹은 절대 평가일 때도?

그럴지도 몰라. 특히 키시모토라면 그렇게 생각할지도 모른다. 아주 나쁘게 헤어졌으니까. 머저리 같고. 아니 머저리일 뿐만이 아니다. 나는 지금까지, 특히 중학교나 고등학교에서는 남자든 여자든 친구를 만들지 않았을 뿐만 아니라 그들을 바보 같은 존재로 바라본 것이 사실일지도 모르겠다. 스스로를 알아달라고 노력하는 대신 멀리하는 것은 타인을 경원시하는 것과 동일하지 않은가?

"토모노리."

"왜?"

"나는 비치야."

"누나는 최악이지만 비치까지는 아니야."

"왜? 최악이잖아."

"그런데 진지하잖아."

"어디가?"

"어디라니. 진지하다는 건 성격 말고는 없잖아."

"성격도 그렇게 진지하지 않아."

"그런 말은 진지한 사람이 하는 거랍니다."

오, 토모노리답지 않은 멋진 말은 하지 말아 주었으면 싶다. 확실히 진지한 사람에 한해서 그런 말을 할 것만 같다!

"인간은 진지하게 않다는 게 기본 전제니까 타인이 저 사람을 진지하다고 생각할 정도면 그 사람은 충분히 진지한 거거든."

우와! 토모노리는 또 멋진 말을 했다! 계속 올바른 말만 해서 누나는 분하다고요.

"그래? 그럼 난 진지해?"

"진지해, 진지해. 놀라울 정도로."

"키시모토와 말도 안 되는 이유로 헤어졌는데도?"

"그게 지금 관련 있는 이야기인지 모르겠는데, 아무래도 괜찮지 않아? 그것도 누나 나름대로 이것저것 생각하고 내린 결정 아냐?"

"응……."

"그런 태도를 가리키는 거니까, 진지함이라는 건."

"아아."

과연 스무 살이다. 성인!

"하지만 그럼 이 세상에 진지하지 않은 사람도 있는
걸까?"

"있어. 외롭다는 핑계로 바람을 피우는 인간! 진지한
사람에게는 불가능한 일이야. 진짜 외로우면 나한테 외
롭다고 말하고, 이대로 계속 외롭다면 바람피울지도 모
른다고 경고한 다음, 내가 괜찮아, 마음대로 해도 좋아
하고 말해 주면 처음으로 그럼 바람을 피워 볼까, 해야
하는 거 아냐? 바람을 피운다는 건 그러니까 나를 제대
로 마주하고 있지 않은 거야. 자기 멋대로 결정하고 바람
을 피우는 거니까! 외롭다는 걸 알아주지 않았다니 얼마
나 자기중심적인 거냐고. 어디까지나 외로움을 전하는
자신의 노력이 선행하지 않으면 안 되는 건데 말이지."

나도 그렇게 생각했어. 토모노리는 그저 필사적으로
살고 있는 게 아니라 이것저것 생각하면서 살고 있구나
싶다.

"헤어진 여자 친구를 두고 불평불만하는 너도 비치
야."

이렇게 말하면서 나는 얼버무리려고 한다. 그러고 보니 영어에서는 'bitch=불만을 토로함'이라는 뜻이었다.

그런 이야기를 시작하면 점점 대상이 넓어지고 수습할 수 없게 되어 버리니 그만둔다. 광의의 비치는 도처에 있다.

토모노리는 진지한 상태로 존재하는 게 최악을 넘어설 수 있는 방법이라고 말했는데, 그 말은 곧 한 사람에게 무언가 좋은 자질이 있다면 그것이 비치임을 상쇄한다는 말인가?

진지하게 있음으로 탈출이 가능하다면 비치로 간주되는 인간들의 수도 줄어들겠네……. 그나저나, 진지함이란 게 뭐야?

"미와 아카리는 비치?"

"헤어진 여자 친구를 뒷담하는 건……."

"그런 신사적인 태도는 됐어. 아카리가 비치라고 생각해?"

"뭘 묻고 싶은 건지 모르겠어. 너무 진지해도 곤란하다니까. 아카리는 최악이야. 비치 비치. 앞으로 절대 엮이고 싶지 않아."

"그런데 말야, 진지하다는 걸로 말하자면 아카리는 토모노리를 좋아해서 이상한 짓도 많이 했지만, 그를 그렇게 몰아붙인 건 토모노리를 향한 솔직한 애정이었던 게 아닐까? 자기 안의 난폭한 애정을 정면에서 마주했다는 의미에서는 아카리도 진지하다고 말할 수 있지 않을까?"

토모노리는 곧바로 대답한다.

"누나, 그런 식으로 개념이나 이미지밖에 없는 말로 대화하는 거 그만두지 않을래? 분명히 아카리의 진심을 의심한 적은 한 번도 없어. 아카리는 나를 좋아해 주었다고 생각해. 그렇지만 연애 관계는 인간관계의 일부고, 나와 아카리만이 아니라 주위의 여러 사람을 끌어들여서 폐를 끼친 이상 그걸 두고 진지하다고 할 수는 없거니와 오히려 독선적이었던 게 아닐까? 그런 식으로 주위에 폐를 끼쳐서 날 곤란하게 만들어 놓고는 결국 전부 다 자기 감정을 위한 행동이었던 거니까. 완벽한 에고야. 자기애가 폭주해 버린 경우지."

그야 그렇다.

"그리고 왜 마지막에 가서 나를 성적으로 괴롭히려고

했던 걸까?"

토모노리가 말한 대사의 의미가 잠깐 이해되지 않았지만, 아아, 바람피운 것 말인가.

"여자 친구가 다른 남자하고 하면 역시나 괴로워? 여자 친구를 더 이상 사랑하지 않더라도?"

"당연하지. 이상한 질문이네. 누나도 남자 친구가 바람을 피우면 아무렇지 않지는 않잖아."

"그러게. 그러니까, 여자도 딱히 남자 친구를 괴롭히려는 마음으로 바람피우는 게 아니……."라고 말하기는 어려운가? 어떤 게 맞지?

"아카리도 말야."

"아카리는 이제 여자 친구라고 말할 수 없잖아. 여자 친구가 아니라도 신경 쓰이는 거야?"

"아, 그렇지. 신경 쓰일지도. 좀 짜증 나겠지만, 남자는 특히 그런 경향이 있잖아? 한번 내 소유가 된 토지는 거기서 더 이상 살지 않더라도 내 것이라는 생각……. 기분 나빠?"

"별로. 남녀의 차이점으로 일반적으로들 말하는 거니까. 남자는 여자 친구의 과거도 신경쓰이고 헤어진 뒤에도 미련이 남기 쉽지만 여자는 남자 친구의 과거도 신경 쓰이지 않고 헤어진 뒤에는 깔끔하게 그걸로 끝 다음, 같은 거. 사람들이 자주 이야기하는 말들이지."

키시모토에게는 내 나름대로 미련이 있었지만 그건 반 년도 지나지 않아 깔끔하게 사라졌을지도……. 이건 평균보다 빠를까, 느릴까? 키시모토와 비교하면 어떨까?

키시모토는 지금 나를 두고 어떻게 생각하고 있을까?

"나도 그런 패턴에 빠져서 아카리 같은 애한테 미련이 남는 걸까."

"즉 너는 아카리가 레이프 이야기를 했을 때 꽤나 상처받았다는 말이네."

"레이프 이야기라니……. 레이프는 레이프잖아."

"너 아카리 이야기를 아직도 믿고 있었어?"

"으응? 아니, 아카리가 위험한 장소에 접근해서 그렇게 된 거라는 잘못이 있을지도 모르겠지만 억지로 당한 거는 진짜니까……."

"너 말야, 아카리가 너를 함정에 빠뜨리기 위해서 그랬다는 말은 믿으면서 그 아카리가 다른 사람을 마찬가지로 속이려고 했던 건 상상이 안 되는 거구나. 역시 바보로 태어난 거야. 여자들은 그렇게 남자들이 지키지 않으면 안 되는 거라고 생각해? 답답하기도 하지."

"뭐라고?"

"이것도 내 상상에 지나지 않는다고? 그때는 아카리에게 그런 상황이 필요했을 뿐이고. 아카리를 만만하게 보지 마. 사람들을 골라서 장소도 정돈하고 심한 일이 벌어지지 않게끔 배려했던 게 분명해. 무네야스 토오루라고 했나? 그 녀석하고 사건 뒤에도 호텔에서 서로 연락했었잖아."

"진짜?"

"몰랐어?"

"몰라."

"그렇구나. 미안. 아카리에게 쓸데없는 말은 하지 않겠다고 약속해서 말한 적이 없었나 보네. 잊어먹고 있었다. 말해 버렸네."

"문 옆에서 기다리고 있을 때 무네야스의 이름이 나온 게 그거였나."

"응. 그 후에도 허둥지둥했고. 아카리와의 약속은 상관없이 너한테는 말해 둘 필요가 있었을지도 모르겠지만, 나로서는 네가 아카리와 헤어지는 게 더 먼저였지. 다음 날 아카리가 당황한 나머지 계좌에 돈을 입금해서 토모노리가 실망한 걸 보고 목적은 충분히 달성했다고 봤거든."

"이 새로운 사실은 다 뭐야……. 내 괴로움은?"

"아카리와 너는 헤어졌잖아. 네가 괴로워할 건 아니지. 그리고 너, 아카리와 원만히 헤어졌다고 해도 만약 아카리가 다른 남자와 섹스했다는 이야기를 들으면 비슷하게……라고 말하지는 않겠지만, 그만큼 충격받았을 거잖아."

"우오! 모르겠다."

"미안해. 뭐, 아카리가 비치인 점은 변하지 않아. 이건 나도 동의하고. 지금 관점에서 보면 나 역시 비치인 것 같아?"

"지금 내 심경을 말하자면, 비치 아닌 여자가 어디에 있는 건가 싶은 느낌. 남자들은 정말로 바보구나. 머리가 나쁘네. 그야 평범한 여자라도 남자를 괴롭히고 싶어 하겠네!"

"아하하하하!"

17

4학년에 진학한 뒤 대학원을 목표로 공부를 시작한
다. 토모노리가 집에서 대학교를 다니게 된 덕분에 나는
엄마와 집에서 단 둘이 마주치지 않을 수 있어 안심한다.
그렇긴 하지만, 토모노리는 이과라서 대학교에서 자는
경우가 많아졌고, 나도 공부를 하느라 방 안에 틀어박혀
있을 때가 대부분이라 엄마가 뭘 하면서 사는지는 잘 모
르겠다.

지금까지 계속 엄마에 대해서는 잘 모르는 채다.

심심풀이 삼아 파트타임 근무를 하는 듯 보이지만,

그런 이야기도 안 하니까……. 괜찮을까? 이런 식으로 내버려 두어도.

이런 생각은 아빠가 집을 나간 다음부터 계속 해 왔지만 기력이 생기지 않아서 결국 아무것도 하지 않았다. 집으로 돌아온 토모노리는 아침저녁으로 얼굴을 마주칠 때마다 엄마와 대화하는 모양이고, 종종 두 사람의 웃음소리가 들려오면 그래 그래, 반항기에 대한 보답으로 될 수 있으면 엄마를 상대해 드려라 하고 생각한다.

"누나."

"뭐야?"

나는 읽고 있던 논문을 덮는다. 최근에는 영어 논문을 읽을 때도 사전을 거의 펼치지 않아도 문제가 없다. 읽는 양이 늘어나서 기쁘다.

"엄마가 중요한 이야기가 있으니까 밑으로 내려오라고 하셔."

"이혼인가. 드디어."

"음, 그것만이 아닐지도."

거실에서 토모노리와 나란히 앉은 채 엄마를 마주한다. 이야기가 시작된다.

재혼이라…….

함께 만나 주었으면 하는 사람이 있습니다, 같은 이야기를 형식적으로 하는 엄마를 바라보면서 나는 엄마가 어느새 아름답게 변했구나 싶어 멍해진다. 화장 스타일이 변했을 뿐만 아니라 화장하는 데 익숙해져 자기 것으로 만들었다는 느낌이 든다. 예전의 홀쭉한 느낌은 하나도 찾아볼 수 없고 볼은 높아지고 세련되었고 턱의 라인도…… 주름이 줄어들었나? 아니, 얼굴 전체가 젊어 보인다. 살집이 좋아지고 이목구비가 뚜렷해져서 뭔가 짙어졌다? 그동안 엄마를 계속 지켜보았다면 확실하게 '사랑을 하면 달라진다.'는 식의 변화를 알아볼 수 있었을까? 그래서 오, 엄마에게 남자 친구가 생겼을지도, 혹은 둘이 잘 되고 있구나, 드디어 결혼도 가까워졌구나 하고 짐작할 수도 있었으려나?

나는 엄마가 세면대에 놓아둔 화장품 박스를 훔쳐보고 싶어진다. 두근두근.

"축하드려요. 이렇게 말하면 되나."

토모노리가 부끄러운 듯 말한다.

"잘 되었네요. 엄마에게는."

"고마워. 하지만 아직 해야 할 게 많아. 이제부터 너희들에게 인사를 하고 허락을 받아야 하는데."

"허락하고 말고는 없지 않아요? 엄마는 자신의 행복에 대해서만 생각하면 되잖아요. 우리들도 벌써, 아직 대학생이긴 하지만 어른이고, 게다가 아빠와 엄마가 우리 부모라는 것은 어떻게 하더라도 바꿀 수 없는 사실이고요. 물론 나와 누나의 생활에 영향을 주기는 하겠지만, 본질적으로는 바뀌는 게 없을 거예요. 생활이 많이 변한다고 해도 다시 우리들끼리 잘 해 나가겠죠."

"토모노리……."

"응?"

"저기, 어머니를 엄마(母ちゃん)라고 부르는 거 그만두지 않을래? 쇼와 시대 애들 같아서 그래."

푸훗! 나는 뿜었다. 재밌어! 엄마는 언제부터 이걸 지적해야겠다고 벼르고 있었던 거야?

"마마?"

토모노리가 일부러 더 웃기려고 그렇게 대답해 나를 한층 더 웃게 만든다. 토모노리도 웃고, 그리고 엄마도 웃는다.

"그래서 나, 너희 아버지와도 이야기를 해 봤는데, 이번에 이혼 서류를 제출할 때 마지막으로 모두가 모이는 게 어떨까 해서."

나도 토모노리도 뭐 괜찮지 않아? 하고 말한다. 나의 경우 하나 씨와 몰래 친하게 지내고 있는 데다가 아빠의 또 다른 바람이라는 비밀을 알고 있기도 하니까 일단 상황적으로는 복잡하지만 딱히 혼란스럽지는 않다. 그 사람은 그렇게 된 사람이다. 토모노리 역시 세월이 흐르면서 자신에게 생긴 이런저런 사건이 있었기도 하니 아버지에 대해서는 스스로 마음의 정리를 했을 것이다.

10월. 맑음. 이혼이 이루어진 날, 나와 토모노리는 성이 달라진다. 토모노리는 엄마와 같은 스가이(菅井)를 쓴다. 재혼을 할 때까지 짧은 시간 동안이겠지만. 나는 아빠와 같은 히로타니로 남는다.* 스가이가 되는 것도 좋

---

* 일본은 한쪽 배우자가 다른 쪽 배우자의 성을 따라가는 부부동성제를 유지하고 있다. 하지만 이혼했을 경우 원래 부여받은 성을 사용할 수 있다. 이럴 경우, 자녀는 부모 중에서 한 사람의 성을 선택할 수 있다.

았겠지만 히로타니 쪽이 마음에 들었고 한편으로는 아빠에게 압박을 줘야겠다는 마음도 있었다. 네놈의 과거가 나야, 도망칠 생각 따위 하지 마, 같은.

나는 엄마가 이혼하기 이틀 전에 고쿠료의 자취용 맨션으로 이사를 마친 상태다. '스가이'인 사람들 중에서 혼자 '히로타니'인 채로 사는 것도 뭔가 좀 이상하다는 생각이었고, 공부도 제대로 해 보고 싶었으며, 삶의 커다란 분기점이 필요하기도 했다.

오전에 조후 시청에서 나온 엄마, 토모노리와 합류해서, 넷이서 마지막으로 밥을 먹으러 간다. 네 명이 택시에 오른다. 아빠는 조수석. 후다 옆 낡은 민가를 개축한 일본 요리점 '니고우한'에 아빠 이름으로 룸이 예약되어 있다. 아빠의 인삿말.

"이번에 저 히로타니 카즈시와 이쪽의 스가이 유키코는 이혼을 하게 되었습니다. 매우 안타까운 일이기는 합니다만 이렇게 카오리, 토모노리라는 훌륭하고 멋진 두 명의 아이들을 얻은 것은 저와 유키코가 매우 기쁘고 자랑스럽게 생각하는 일이기도 합니다. 저와 유키코의, 아니 주로 저의 노력이 부족했기 때문에 결혼 생활을 잘 이

끌어 나가는 게 이처럼 불가능한 일이 되었지만 이번 일로부터 배워서 카오리도 토모노리도 각자의 제대로 된 인생을 살아 나갔으면 하고 각자 훌륭한 가정을 이루었으면 하고 바랄 따름입니다. 오늘로 히로타니 일가의 시대가 막을 내립니다만 앞으로 모두가 새로운 시대를 맞이하게 되면서 여기 있는 모두의 건투와 활약을 바라는 마음입니다. 덧붙여서 우리 넷에게 무궁한 행복이 기다리고 있기를 바랍니다. 그럼 제가 건배 인사를 해 보려고 합니다. 모두들 앞으로도 열심히, 힘내서 살아가 봅시다! 건배!"

"건배!"

잔뜩 긴장해서 그런지 뭐가 뭔지 알 수 없는 축사로 가득한 인사를 했지만 그래도 그만 말하라거나 시끄러우니까 접으라는 식의 어두운 감정은 전혀 솟아나지 않았다. 그렇지, 확실히 마지막이니까 인삿말이 없으면 마무리되지 않을 싶어서 주의 깊게 들어 보려고까지 했다. 그렇지만 뭔가 우물쭈물, 대사가 점점 결혼식 축사처럼 변하더니 갑자기 건배 인사로 넘어가 버려서, 이쪽도 그만 당황스러워 상황이 조금 이상해졌다.

우리 넷은 한바탕 웃은 뒤 가을 코스 요리를 먹는다. 술도 마시게 됐는데 멋대로 페이스를 올린 채 마시던 토모노리가 재차 가장 먼저 술에 취하고, 토모노리에게 '굿바이 카즈시 잔'이라는 이름의 술을 받은 아빠가 뒤이어서 취해 버리고, 그걸 바라보고 있었을 뿐이던 나까지 취해 버렸지만, 엄마는 전혀 취하지 않았다.

"엄마는 술이 세구나."

이렇게 말하면서 웃는 내게 아빠도 웃으면서 말한다.

"이 사람은 술꾼이야."

엄마가 술꾼이라는 설에도 놀랐지만 동시에 아빠의 대사에서도 뭐라고 할까, 아빠와 엄마는 오랫동안 사귀고 있었구나, 결혼을 했었구나 하는 울림과 함의가 느껴지는 게…… 이렇게 말하면 이상하겠지만 충격적이었다.

나는 가족에 대해서 대체 뭘 알고 있었던 걸까?

우리들은 얼마나 서로의 존재를 간과해 왔으며 제대로 보지 못하였고, 또한 잘못 봐 왔던 것일까?

술을 진창이 되도록 마신 토모노리가 화장실에 갔다가 돌아오지 않아서 점원에게 큰 민폐를 끼치고, 아빠가 계산 후 가게를 나와 엄마와 토모노리를 택시에 태워 보낸다.

"토모노리, 대학교 말이지. 너도 이과라면 대학원 진
학도 가능하잖아. 그쪽으로 진로를 정하게 되면 주저 말
고 이야기하렴."

아빠는 이렇게 말하지만 취한 얼굴로 듣고 있는 토모
노리는 내일이 되면 아빠가 한 말을 잊어버리리라. 엄마
가 듣고 있으니 괜찮을지도 모르지만.

"오늘 잘 얻어먹었습니다."

엄마가 말한다.

"좋은 밤. 잘 들어가세요. 카오리도, 아빠를 잘 부탁
해."

"응."이라고밖에 할 말이 없다.

아빠도 "응."이라고 말한 뒤 덧붙인다.

"지금까지 고마웠어. 여러 미안한 일들도 많았어."

엄마의 표정은 보이지 않았지만 실루엣이 인사를 한다.

"이쪽이야말로 고마웠습니다."

문이 닫히고 택시가 출발한다. 멀어져 간다.

우리는 엄마와 토모노리를 배웅한 뒤 다른 택시를 잡
는다.

"잘 먹었습니다."라고 말하는 내게 아빠는,

"어, 잘 들어가."라고 대답하고는,

"오늘 고마웠어. 너도 다 알고 있겠지만 그 자리에서 이야기하지 않아서 고마웠어."

후. 아버지는 끝까지 나를 실망시킨다.

"이야기할 생각도 원래 없었을 뿐더러 아빠도 그런 이야기 좀 하지 마. 특별한 저녁이잖아. 분위기를 읽었다는 식으로 말하지 마요."

아빠는 잠시 말이 없다가 씨익 하고 웃으면서 말한다.

"그런가. 카오리, 예전부터 무엇이든 무리하는 성격이었으니까 지금도 그런 노력을 했다면 미안하다는 생각이 들어서."

무슨 뜻이야. 술 취해서 하는 말은 뭐가 뭔지 잘 모르겠어.

"참, 거기까지 하시라구요."

나는 말을 끊고 택시 기사에게 그만 출발해 달라고 청한다. 달리기 시작한 택시에서 창문 너머로 뒤돌아보며 손을 흔들었더니 아빠도 손을 흔든다. 양팔을 높이 들고 천천히, 여기란 말야, 말하는 것처럼.

그 후로 나는 아빠와도, 엄마와 토모노리와도 거의 만나지 않는다.

기껏 아빠하고 이혼을 했지만 엄마는 아직 재혼하지 않았고 우리와 엄마의 남자 친구가 만날 자리를 마련하지도 않는다. 그렇지만 약혼은 한 것 같다. 약지에서 새로운 다이아몬드 반지가 빛난다.

"아무래도 토모노리가 대학교를 졸업할 때까지는 미루자고 이야기가 되어서⋯⋯."

엄마가 전화 너머 행복하게 웃고 있는 것 같다. 나는 아무래도 괜찮겠지 생각한다.

나는 대학원에 합격하고 졸업 후 자격 시험을 통과해 메구로 구의 종합병원에서 근무하게 된다.* 이비인후과 부속 상담실에서 임상심리사로서 일을 시작한다. 어지럼증이나 두통을 호소해서 내원한, 의사에게 소개받은 환자들을 본다. 가을에는 시무라 선생님의 소개로 이치가야에 있는 클리닉에서도 일하게 되었는데 이듬해 봄,

---

* 일본에서 임상심리사로 일하기 위해서는 대학원 석사 과정 수료 후 임상심리사 자격 시험에 합격해야 한다.

내가 상담하던 환자 중에서 처음으로 자살자가 나왔다.
소식을 전달받은 날 밤, 엄마로부터 전화가 걸려온다.

재혼이라고 한다.

"축하드려요! 혹시 내가 하는 일이 안정될 때까지 기다려 준 거예요?"

토모노리는 대학원에 가는 대신 우치사이와이쵸(內幸町) NTT 커뮤니케이션즈에 입사해서 일하고 있다. 벌써 4년차다.

"아니야. 오랜만에 토모노리와 둘이 사니까 즐거워서 젊은 남자와의 동거 생활을 즐겼던 거랍니다."

"응?"

"너랑 토모노리는 사이가 좋아서 같이 자기도 했잖아. 최근에 엄마도 종종 토모노리와 같이 자면서 귀여운 아들을 돌려받은 기분이라 사실은 결혼하고 싶지 않았는데 말이지, 역시 언제까지고 이런 생활을 할 수도 없는 거라서."

아니……

기분 나빠!

순간 눈깔이 뒤집혀 어물거리며 적당히 전화를 끊고
나서도 도저히 참을 수가 없어 욕조에 들어간다. 뜨거운
욕탕물 속에서 두 다리를 끌어안는다.

우우우우우우우우———ㅅ!

토모노리, 대체 엄마에게 무슨 짓을 한 거야!

그리고 깨닫는다.

설마 지금 한 전화는 지금까지 토모노리와 단 둘이서
지내면서 엄마를 배제한 채 생활해 왔던 나에 대한 복수
였던 것일까?

내 남자를 빼앗지 말라는 것과 비슷한 의미인 거야?

으헉……. 그렇지만 한편으로는 믿음직스럽다고도
느낀다.

엄마, 그랬던 거구나.

내가 조금 웃자 욕실 안에서 소리가 울려 살짝 놀란다.

18

인턴으로서 현장에 투입되고, 논문을 쓰기도 한다. 병원에서 일을 시작한 뒤 지금까지는 거의 메일로만 소통을 해 왔으니 거의 3년 만인가?

"반가워요!"

하나 씨가 나를 발견하고는 창문을 닦는 것처럼 필사적으로 손을 흔들고 있다.

"반가워요, 하나 씨는 잘 지냈어요?"

"잘 지냈어! 카오리는?"

"요즘 진짜로 힘들어요. 너무 바빠서!"

"근황 궁금해. 우선은 음, 밥 먹으러 가자! 배가 너무 고파."

신주쿠에서 만났는데 곧 서쪽 출구에서 택시를 타고 하츠다이 역에 간다. 고슈 가이도에서 조금 들어간 곳에 있는 '아나큐'라는 작은 튀김 전문점을 하나 씨가 카운터석으로 예약해 두었다. 봄 텐푸라! 참새우, 빙어, 죽순, 두릅, 머위의 꽃줄기, 뱅어, 가리비, 붕장어 튀김을 먹고 나서 텐챠로 마무리했습니다. 우헤헤.

"배부르다. 1년이나 늦었지만 취직한 기념으로 제가 쏠게요."

"앗, 과연 회계사다우시네요. 잘 먹었습니다아."

"정말 잘 먹었어. 2차도 가지 않을래요? 이번에는 조금 달달한 곳으로."

"좋죠. 그럼 이번에는 제가 낼게요. 첫 월급은 아니지만 사회인으로서."

"과연 임상심리사답네. 괜찮아요?"

"당근이죠!"

"카오리, 말투가 낡았어."

"얼마나 낡았는지 알 수 없을 정도로 낡아 버렸답니다."

나는 취하고 말았다. 일본주를 마신 탓이다. 비틀비틀 하나 씨의 뒷꽁무니를 따라가다가 주택가에 거대한 창고를 개조한 가게가 보여 들어가 보니 서양 주택처럼 훤히 뚫린 천장에 실링 팬이 돌아가고 있다. 테이블에 앉아 각자 커피와 수제 케이크를 하나씩 먹는다.

"무슨 이야기를 하고 있었더라……."

대학원에서 두 번째로 높은 교수가 학회에서 유명해지는 것만 중시하며 논문을 위해 환자를 일부러 고르거나, 샘플 통계를 조작하거나, 학생의 논문을 교묘하게 표절하는 인격적으로 좋지 않은 놈이라 병원 안에서 실적이 좋은 편인데도 윤리적으로는 수상한 이 선생님을 실각시키려고 움직이는 학생들이 생겼고, 그들로부터 종종 연락이 와서 에? 나도 여기에 들어가는 건가? 같은 이야기를 하게 되었고, 하나 씨 쪽은, 친구에게 소개받았다는 한 친구와, 그 친구의 친구와 함께 이바라키에 밭을 빌려서 유기농 야채를 키우고 있었는데, 비료의 배합 비율에서부터 견해 차가 있어 싸우기 시작했고, 시작하는 시점에서 하나 씨는 그룹에서 빠졌지만, 영리하게 빠져나오지 못한 사람들이나 고집과 체면을 내세운 사람들이 이

번에는 밭의 처분을 두고 또 싸워 무서우면서도, 그 정도
의 기본적인 사항도 확인하지 않았다니 일이 조잡해졌지
만, 뭐 자신의 책임이겠지 허허…… 하는 이야기를 했다.

"카오리의 어머니, 이번에 재혼하신다면서요?"

하나 씨가 케이크를 먹으면서 말을 꺼냈을 때 아, 이게
오늘의 본론이라는 생각이 든다. 취했지만 긴장하고 있다.
하나 씨가 그런 '본론'을 자리에서 꺼내는 건 처음이다. 항
상 하잘것없는 이야기를 하며 와자지껄 떠들 뿐이었는데.

"네. 아빠에게 들었나요?"

"전 부인을 아직도 신경 쓰는 것 같아. 얼굴은 냉정해
보였지만."

토모노리와도 그런 이야기를 나누었다는 걸 떠올린
다. '남자는 미련이 가득 남지만 여자는 깔끔하게 잊어버
린다'설. 아빠도 그런 걸까?

"그리고 얘기가 좀 늦어져 버렸지만 너희 아버지와는
헤어졌어."

"언제?"

'봄 딸기 케이크'에서 데굴 하고 커다란 딸기를 떨어
트리고 말았다. 연기한 게 아니다. 놀랐다. 아빠가 바람

을 피운다는 건 이미 알고 있었지만 하나 씨도 우리 엄마와 마찬가지로 아빠와 헤어지는 입장에 서게 된다니. 이쪽으로 들어오다니. 그건 상상조차 해 본 적이 없다.

"왜요?"

"벌써 반 년 전인데, 지난 2년 동안 만난 적이 거의 없었어."

최근에 종종 아빠가 여행을 간다며 집을 나가거나 핸드폰으로 통화를 할 때 지금 집이라는 아빠 옆에서 누군가의 기척이 느껴졌던 것은, 하나 씨가 아닌 다른 사람이었던 것이다.

"음."

"미안해요. 또 신경 쓰게 만들어서. 카오리가 여러 가지를 알고 있다는 거 나도 알고 있어요."

"미안합니다."

"뭐가? 카오리는 사과할 게 전혀 없는데."

"그게 아니라 아빠가 그런 놈이라서요."

"그러지 않아도 돼. 부모를 꾸짖는 건 아이들이 할 일이 아니잖아."

그렇지만 가족이기 때문에 나 역시 아빠에게 영향을

줄 수 있었을 것이고 하나 씨를 더욱 소중히 여기라고 말해야만 했다……. 이런 식의 생각은 어떨까? 어찌 되었든 남들에게 추천할 만한 아버지는 결코 아니다.

아빠라는 인간 자체를 바꿀 수 있을 만한 좋은 영향력을 주었다면 어땠을까.

아니다. 타인에게 영향을 미치는 일은 거의 불가능한 일이다.

사람들에게 각자의 사고 방식, 느끼는 방식, 가치관과 행동의 원리가 존재한다는 건 누구나 알고 있는 기본 전제와도 같다. 서로의 차이를 인정하기 때문에 더더욱 본질은 변하지 않는다.

그렇다. 아카리의 괴롭힘 때문에 학교를 그만둘까 고민하던 시절의 토모노리와 대화하면서 깨달았던 것. 이것이 내가 도달한, 대단할 것 없는 당연한, 진부하고도 너무나 익숙한 인간에 대한 이해다. 완벽하게 잊어버리고 있었던.

우리 아버지 같은 바보에게 통할 약은 없다.*

---

* "바보에게는 약도 없다."라는 일본 속담이 있다.

"헤어져 준 것이 좋을지도 모르겠네요. 정말 답이 없는 인간이니까요."

내가 이렇게 말하며 웃자 하나 씨는 말한다.

"그렇지만 그런 답이 없는 부분도 포함해서 좋아했지. 네 엄마만 해도 분명 그럴 거라고 생각해. 그러니까 마지막까지 이혼하지 않았던 거고."

나는 토모노리의 비치 마그넷에 대한 이야기를 떠올린다. 하나 씨도 엄마도 남자판⋯⋯ 아니 여자판? 비치 마그넷을 가지고 있는 것일까. '너무한 남자', '짜증 나는 남자', '나쁜 남자'를 끌어당기는 마그넷을?

"하나 씨는 아빠와 어떻게 사귀게 된 건가요? 대체 어떤 방법을 써서 아빠가 하나 씨에게 접근한 거예요?"

"구체적인 이야기가 듣고 싶어?"

"곤란하면 됐어요."

"반대야. 내가 너희 아빠한테 접근했던 거거든."

"네?"

"뭐랄까, 귀여웠어."

"영문을 모르겠어요."

"그래? 카즈시 씨, 몸동작 손동작이 허둥지둥 위태롭

고 또 표정도 진지해 보이지만 늘 살짝 얼이 빠져 있어서
꽤 재미있거든?"

"……."

"게다가 상냥하다고 할까, 평범한 칭찬이지만, 같이
있으면 편해. 안심이 되거든. 거짓말을 할 때도 거짓말이
라는 게 한눈에 보이니까 화내고 싶지가 않아. 그게 카즈
시 씨의 인덕이야."

"됐어요. 하나 씨가 봐주니까 아빠도 제대로 된 인간
이 될 수 없는 거예요."

"너희 아버지는 충분히 '제대로'라고 생각하는데? 카
오리나 토모노리에게는 여러모로 아픈 기억을 남겼으니
내가 이런 말을 가볍게 하면 안 되겠지만."

"그런 건 이제 상관없어요."

"응. 감상적인 이야기가 될 것 같지만 내가 멋대로 상
상하면, 정말 내가 이런 말을 하면 안 된다는 건 알지만,
카오리의 어머니는 의외로 행복한 삶을 살았다고 생각
해……. 그도 그럴 게 어떤 의미에서 연애적으로는 단번
에 끝나지 않고 역으로 매우 깊은 타입의 관계에 돌입
했던 거니까. 멀리 떨어져 있지만 계속 온전하게 연결되

어 있고 떨어져 있기 때문에 더더욱 강해지는 것 같은 그런……. 카즈시는 단순히 말하자면 복수의 연애를 동시에 할 수 있는 사람이야. 그러나 보통 사람과는 다르게 이날에는 이 사람과 데이트하고 저날에는 이 여자와 데이트하고 그런 게 아니라 특수한, 묘하게 로맨티시즘적인 연애 관계를 유지할 수 있는 사람이거든."

"로맨티시즘은 뭐죠."

"로망주의. 형식에 구애받지 않는다고 할까, 형이상적이라고 할까? 꿈이나 공상에 리얼리티를 추구한다고 하면 될까?"

솔직히 '형이상'의 의미도 잘 모르겠지만 말하고 싶은 이미지는 알겠다.

"카즈시 말이지, '너와 지금 같이 있지는 않지만 마음만은 너와 연결되어 있어.'와 같은 의미의 연애를 유지하려고 해."

"헤에."

"물론 카즈시가 실제로 항상 상대방을 생각하는지 어떤지 알 수는 없어. 뭐 그런 카사노바 짓은 애초에 불가능하겠지만 그래도 상대인 여자는 카즈시를 제대로 생각하고 있고 카즈시 역시 자기를 생각하고 있을 거라고 믿고 있으니까 크게 문제가 안 되는 거거든."

"연애란 참 자유로운 거구나."

"정말 그렇지."

"하나 씨도 아빠와 같이 있지 않아도 괜찮았다는 말인가요?"

"나? 내 경우는 조금 다를 거야. 내게는 카즈시 씨가 하는 자기 멋대로의, 자신에게만 유리한 연애가 뻔히 보였으니까. 사실 처음에는 카즈시 씨와 즐겁게 사귀면서도 무시하고 있었어. 이 사람 이런 수법이 나에게도 통할 줄 알았다면 오산이야 같은 마음이었지. 만약 그 사람이 나를 제외한 여자들에게 가잖아? 그럴 때면 분명히 카즈시는 내가 다른 여자들처럼 마음은 서로 연결되어 있으니까 괜찮다고 믿고 기다리고 있을 거라고 생각하고 있겠구나 싶어서 내심 비웃었는데, 그런 걸로 혼자 계속 비웃고만 있는 건 재미가 없잖아. 그래서 깨닫게 된 거야. 이를테면 다른 여자들보다 나의 케어나 팔로우가 부족한 건 아닌가. 내가 어느 정도 가볍게 취급되는 거 아닌가 하고. 아아, 내가 '흐흥 모든 게 내 손바닥 안이야.' 같은 태도를 보였던 것이 싫어서 멀어진 게 아닐까 하는, 불안이라고 하기는 거창하지만 아무래도 신경이 쓰여서 이렇게 된 거 솔직히 터놓고 대화하자고 물어봤거든. 그랬더니 "아니야 달라 달라, 미안해. 하나의 경우에는 연애적인 좋아해로 연결되어 있는 것보다 더 깊은 인간적인 이해의 부분에서 서로 신뢰하고 있다고 생각했어서 어리광을 부렸네."라는 대답을 듣게 되어 어리둥절해졌지. 간파당하고 있었던 것은 내 쪽이었구나 하고. 나는 그 신뢰하고 있다는 부분까지 간파하지는 못했구나 하고. 바보 같지만 그때 받은 충격이 기뻤어. 그 장소에서는 분해서 그만 화를 냈지만 결국 카즈시 씨의 설정대로 '다른 여자들보다 높은 단계'라는 특별한 대접을 받고 있는 것이니 거기서 마음이 편해진 거야. 그것이 거짓말이라거나 가짜거나 속임수라고 말하는 건 아니야. 그런 게 아니라 현실적으로 나와 카즈시는 그런 방식으로 연애의 관계를 뛰어넘어서 고차원적인 연결을 가지고 있었던 거고 그래서 난 행복했으며 지금도 마찬가지로 카즈시와는 그 신뢰하는 관계가 유지되는 거라고 생각해."

"……."

으응. 이 사람들은 바보일까. 어쩌면 인간이 바보이 거나, 연애가 바보스러운 짓이거나.

"멀리 완전히 떨어져서 지내더라도 어떤 박자로 타이밍이 맞으면 둘이서 다시 함께할 수 있을 테니까 어떠한 시련이라도 넘어설 수 있겠다는 생각이 들어."

"아직 좋아한다는 말인가요?"

"뭐 그렇지. 카즈시 씨의 차원에서는."

어쩐지 전부 하나 씨의 망상에 불과하고 아빠는 그 위에 능숙하게 올라탄 것처럼 생각되기도 하지만…… 굳이 말하지는 않는다.

연애는 어차피 본인이 생각하는 대로 성립하는 것이다.

그렇게 생각하는 와중에 하나 씨가 말한다.

"카오리, 내가 말하는 것들이 나의 망상에 지나지 않을 거야 하고 의심하고 있지. 내 안에서는 이미 완결되어 있으니까 굳이 지적하지는 않겠지만 그런 것 정도는 내 이야기를 듣는 모두가 생각하지 않을까 예상하고 있어. 바보 같구나 하고."

이 말을 듣고 놀라지만 얼굴 표정에 드러나지 않도록

주의하면서 말한다.

"그런 게 아니라 하나 씨나 우리 아빠나 나이가 들어
도 역시나 보통 사람처럼 연애하는구나 싶어서요. 그런
감각이 지금의 나와 다를 게 없구나 생각했어요. 나이를
먹는 게 무섭지 않게 되었다고나 할까."

입에서 나오는 대로 말한다. 하지만 내용은 거짓말이
아니다. 내 안에 다양한 말들이 축적되어 있었던 덕분에
당황한 와중에도 적당히 말이 나온다. 그리고 그런 말들
을 전부 간파하고 있을 하나 씨도 덧붙여 말한다.

"그래. 내가 카오리 나이였을 때와 달라진 것은 없어.
중학생이던 시절하고도. 조금 차분해진 면은 있겠지만
거의 변한 게 없어서, 이렇게 이성을 발휘해서 얌전하게
있으면서도 내심 속에서 들끓는 여러 가지 것들이 있는
거야."

"네……."

"그렇지만 젊었을 때는 경험하지 못한 감정이 생기기
도 해."

하나 씨가 말한다.

"어떤 감정?"

"갑자기 어두운 얘기지만 나 역시 죽는다는 걸 최근 들어 생각하게 되었어. 죽음에 대한 마음의 준비를 머리가 아니라 감정 쪽에서 시작했다는 느낌에 가까우려나."

"하나 씨 아직 젊잖아요."

"응. 그렇게 생각하고 있었는데 반년 전에 친구가 병으로 죽은 일이 있어서. 자궁암으로 죽었어. 그 친구와 나는 고등학교 동창이라 나이도 같았는데, 아아, 46세라도 죽는 거구나, 문득 깨달은 거야. 가슴에 스며들듯이."

하나 씨 46세구나. 그렇게 안 보여. 이 생각을 입 밖으로 꺼내지 않는 건 이야기의 흐름을 끊고 싶지 않다는 것도 있지만 최근에 자살한 담당 환자가 떠올랐기 때문이기도 하다. 네모토 나오야 씨. 53세. 가족에게는 한마디도 없이 집을 나와 유서도 남기지 않고 전차에 뛰어들었다. 병이 낫고 있는 중이었으므로 오히려 죽을 힘이 솟아나왔던 것이리라.

"카오리, 내가 죽고 카오리는 그걸 모른 채로 쓰야*에도 장례식에도 참석하지 못하더라도 신경 쓰지 말아 줘."

---

* 通夜. 죽은 사람의 유해를 지키며 하룻밤을 새는 일. 장례식 절차로서의 쓰야는 보통 한두 시간 가량 진행된다.

놀랐다. 무슨 말을 들었는지 모르겠다.

"하나 씨. 죽지 마세요."

나는 말한다.

"그건 그렇고 회계사는 사무소에서 건강 진단을 따로 받나요?"

이야기는 건강검진과 보험 쪽으로 넘어간다.

커피를 다 마시고 한 시간 반 정도, 막차 시간까지 대화를 더 나누고 나서, 다음에는 야끼토리라도 먹으러 갈까 말하며 하나 씨와 헤어지고 맨션으로 돌아온 뒤 내 안에 있는 이야기를 발견한다. 그것은 이야기의 전체는 아니고 시작 부분일 뿐이다. 그러나 나는 그것을 분명 마지막까지 쓸 수 있으리라고 생각한다.

19

나는 다이닝 테이블 위에 노트북을 놓고 제목 없이 소설을 쓰기 시작한다.

주인공의 이름을 지을 수가 없어서 '사사키 하나'로 지었지만 하나 씨와는 다른 사람이다. 그리고 어차피 1인칭 소설이니까 이름은 '사사키 씨' 정도로 불릴 때 외에는 나오지 않는다. 나이는 27세. 평범한 회사에 다니고 있다.

친구가 죽는다.

죽음의 압도적인 존재감과, 그것이 도래할 때의 돌발성. 나는 거기에 넘어가 버렸다. 그래서 혼란스러운 기분을 그대로 끌어안은 채, 그렇게 하면 안 되는 걸 알면서도 어느 날부터 전혀 면식이 없는 사람의 쓰야나 장례식에 몰래 숨어들기 시작한다.

　커다란 절은 수많은 조문객들로 붐벼 아무도 누가 왔는지를 일일이 체크하지 않는다. 접수처에서 기재한 사람의 신분 확인 절차 따위도 당연히 없다.

　최초의 밤. 집과 가까운 절에서 쓰야가 진행 중인 것을 발견하고 나는 곧장 집으로 돌아와 상복으로 갈아입고는 염주와 향을 준비해 참석한다. 향에 불을 피우는 것까지만 해 보자고 생각한다. 당연히 의자에는 앉지 않는다. 멀리 떨어진 곳에서 제단 위에 놓인 사진 등을 바라볼 뿐이다. 그 유영(遺影)에 찍혀 있는 사람은 전혀 모르는, 그야말로 완전한 타인인 아저씨인데, 나는 상상력으로 성격을 덧붙인다. 그저 사진에서 받은 인상뿐이다. 상냥해 보이는 사람이구나, 혹은 사랑스러운 웃음이구나. 유족들을 둘러보니 이 사람은 자식이나 손자 손녀, 형제에게 둘러싸여 살아가다가 죽음을 맞이한 거구나 하는 생각이 든다. 이들을 남기고 죽어 버린 사람의 기분이나 안타까움을 헤아려 보면 매우 슬프고 쓸쓸해진다.

전부 다 공상에 지나지 않을 뿐인데도.

눈물이 나온다.

내가 죽더라도 이렇게 수많은 사람들이 찾아와 줄까.

향에 불 피우기를 마치고 유족 중 한 분이 말을 걸어 온다. 죽은 아저씨의 여동생이다. 나는 당황스러워 "직접적인 면식은 없지만서도⋯⋯." 하고 대꾸한다. 그러자 그 아주머니는 "그렇습니까. 그래요. 그렇지만 와 주셔서 정말로 감사합니다. 장례식은 한 사람이라도 많은 사람이 함께 죽은 이를 보내 주는 게 좋으니까요."라고 대답해 준다.

그 이후로는 얼마간의 당혹감 때문에 피하고 있었지만 지난번 장례식의 고요함에 이끌려 나는 쉬는 날 저녁이면 상복을 입고 염주와 향을 챙겨서 누군가의 쓰야나 장례식에 몰래 참석하게 된다. 내가 사는 지역은 거대한 절이나 장례식장이 많았던 것이다.

그렇게 장례식에 참석하는 동안 나와 마찬가지로 생판 모르는 타인의 쓰야나 장례식에 몰래 참석하는 사람들의 존재를 눈치챈다. 그 사람들은 장례식에서는 서로 모른 척을 하고 있지만 한 그룹의 멤버들인 셈이다.

그룹의 남자와 여자들이 나에게 접촉해 온다.

그들은 이 활동을 테라피라고 말한다. 죽음의 공포와 현실과 대면하고 그곳으로부터 날것의 자신, 껍질을 벗겨 낸 자신을 확인하는 행위로써 운운…….

그들의 사고방식에 위화감을 느낀 나는 그룹에 들어가지 않는다.

'애도 그룹'의 멤버에게 나는 심문을 당한다. 그렇다면 너는 왜 타인의 쓰야나 장례식에 멋대로 찾아오는 거야? 목적의식이 없다면 그저 실례인 행위가 아닌가?

흥미 본위라고 공격당하면서도 나는 쓰야에 나간다. 장례식에 참석한다. 장례 분위기를 좋아할 뿐이다. 변태라는 말을 듣기도 한다. 대꾸할 말도 없다. 확실히 나는 파도에 흔들리는 듯한 독경의 리듬이 좋다. 제단을 장식하는 꽃이 정말 멋지다고 생각한다. 무엇보다 유영을 바라보며 돌아가신 분의 성격을 상상해 보는 게 좋다. 나는 스스로의 마음 속에서 만든 '그 사람'의 죽음을 추모하고 눈물을 흘린다.

어느 날, 나는 또 한번 모르는 여자의 장례식에서 울고 있었다. 내 또래의 망자가 죽은 내 친구의 이미지와 겹쳐 보여 죽은 여자의 성격이나 지금까지 살아온 삶을 평소보다 더 자세하게 상상해 버리고 말았다. 그 죽음이 한층 더 슬프고 괴로워서 평소보다 많은 눈물을 흘린다.

관을 영구차에 올리고 차가 사라질 때까지 배웅한 뒤 나는 화장장으로 가는 버스에 올라탄다.

버스 밖에서 '애도 그룹'의 사람들이 바보 녀석 그만둬, 버스에서 내려 하고 손짓을 하지만 나는 내리지 않는다. 몸이 움직이지 않는다. 유족들에 둘러싸인 채로 모두 이 여자애는 누구야 하고 생각하는 것 같지만, 내가 눈을 감고 있자 별다른 질문 없이 버스가 출발한다.

불에 태워지기 직전, 마지막 이별을 위해 가족들이 열린 관 속의 여자에게 울면서 달라붙는다.

오래전부터 나는 내가 착각했음을 알고 있다.

여자는 교통사고로 죽었던 것이다. 시체는 깔끔하게 복원되어 꽃에 둘러싸여 있다.

관이 닫히고 화장로에 들어간다.

유족들이 대기실에 들어가고 나도 따라간다. 죽은 여

자의 오빠가 내 존재를 눈치채고는 말을 걸어온다.

"친구?"

"네. 여기에 제가 있어도 좋을 정도로 친한지 어떤지는 모르겠지만요."

"괜찮아. 오늘 와 주어서 고마워. 같이 배웅해 주는 사람은 많을수록 좋을 테니까."

오빠 되는 사람이 웃어 준다. 나는 유족이 나눠 준 초밥을 먹고 잔에 따라 준 맥주를 마신다. 아무도 나에게 말을 걸지 않기에 나는 다시 그 여자가 살았던 시절의 일을 상상해 본다.

수골실(收骨室)에 들어가 뼈 줍기가 시작된다.

나는 줄의 끝에 선다. 젓가락을 들고 둘이서 한 팀으로 뼈를 주워 유골함에 넣는 것이다. 처음으로 사람의 뼈를 본다.

새하얗다.

"젊으니까 뼈가 참 많이 남아서⋯⋯."

이렇게 말하는 유족 중 누군가의 목소리가 들린다.

커다란 뼈가 아직 많이 남아 있다. 두개골의 일부처럼 보이는 둥근 뼈. 허리뼈의 일부처럼 보이는 돌기가 난 뼈. 팔의 뼈는 세로로 갈라져 서로 겹쳐 있다. 그리고 복사뼈 일부.

내 차례가 왔지만 옆줄은 모두가 순번을 끝내서 같이 뼈를 주울 상대가 없다.

방금 전에 말을 걸어 준 죽은 여자의 오빠가 앞으로 나와 나와 함께 뼈를 줍는다.

"여기. 여기는 '심장의 뼈'야."

화장장에서 일하는 아저씨가 말하고, 나와 오빠는 방금 말한 얇고 작은 골편을 주워 유골함에 집어넣는다.

돌아가는 버스에서 생각한다.

인간의 제로는 뼈인 것이다.

거기에 살점이 붙고 피부가 붙어서 그 사람의 형상이 된다. 태어나서 자라고 수많은 사람들과 만나 다양한 것들을 배우면서 점차로 그 사람이 완성되어 간다.

여러 이야기들이 몸에 달라붙는다.

그 사람이 죽게 되면, 신체를 불태우고 살을 연기로 바꾸고 뼈는 모아서 땅에 묻는다. 신체 전부를 땅에 묻는 곳도 있을 것이다. 신체를 전부 바다나 강이나 하늘이나 동물에게 돌려주는 곳도 있을 것이다.

그리고 남는 것은 이야기로, 그것이 실제의 기억이든 아니면 내가 멋대로 상상해 낸 날조된 기억이든 간에 이 야기로는 동일하지만 아마 세부 묘사의 강도에서 패배 하고 말 것이다.

묘사의 강도에서 지는 이야기란 읊을 가치가 없는 이 야기다.

더 이상 나는 모르는 사람의 쓰야나 장례식에 멋대로 참석하지 않는다.

나는 원고지로 260매 정도 되는 소설을 완성한다. '뼈'라는 제목을 붙인다.

처음 쓴 소설이라서 나는 얼마 동안 흥분한다.

예전에 만화를 그리고자 했을 때는 도저히 스토리를 떠올릴 수가 없었는데 이렇게 한 편의 이야기를 쓰기 시 작해서 완성하는 일이 가능하다니!

그러나 나는 소설을 누구에게도 보여 주지 않겠다고 다짐한다.

쓰야나 장례식에 숨어든다는 모티프가 상상력으로서 도 신중하지 못한 태도이며 저급한 면이 있다. 이야기니까 상관없다는 식으로는 생각할 수 없다. 주인공에게 부자연스러운 행동을 시킨 것도 아니고 이야기로서 제대로 성립하고 있으며 수굴실에 들어가는 부분은 말 그대로 이야기의 본질에 들어가는 장면으로써 중요한 데다가 나름대로 완성도 있게 썼다고도 판단되지만, 나의 윤리관과 이 소설의 존재가 모순된다.

그렇지만 나는 완성한 소설을 완전히 삭제하는 짓도 못하고 한 부를 인쇄한 뒤 데이터를 지운다. 종이 원고는 파일 케이스에 넣어 본가 2층의 서랍장으로 들고 간다. 오래 전에 구한 만화 세트와 낡은 일러스트 케이스들 위에 소설을 올려 두고는 서랍장을 닫는다.

1층으로 내려와 나와 성씨가 다른 어머니와 차를 마신다.

인간의 제로는 뼈인 것이다, 다시금 생각한다.

그것에 살점과 이야기를 덧붙여 간다. 역사와 기억과 상상과 망상과 기원과 바람과 연상과 창조. 이야기를 이야기가 먹어 치우기도 하고 가끔 예상치 못한 비약도 발생한다.

나는 지금의 나 자신이 되었다. 엄마의 성은 히로타니였다가 다시 스가이로 돌아갔다가 마침내 고토우라가 될 예정이다. 아빠는 아빠 나름대로 무언가 복잡한 것을 끌어안고 있다. 토모노리는 비치 마그넷이다.

그렇지만 동생이여, 그건 이야기니까 자신 혹은 타인에 의한 날조의 가능성도 있는 거란다.

그리고 가능성은 나도 엄마도 아빠도 즉, 모든 사람들이 가지고 있는 것이다.

어머니의 결혼식이 바로 앞으로 다가와서, 나는 결혼식 당일에 입을 드레스를 고르지 않았구만 이런, 어떻게 하면 좋을지 고민한다. 복장이나 의상이나, 사실은 저 말이죠, 스스로의 센스가 그저 그렇다는 느낌이 든답니다.

역자 후기

정민재(번역가)

마이조 오타로의 소설 『인간의 제로는 뼈(원제: ビッチマグネット)』를 처음 손에 집어 들고 읽기 시작한 것은 2015년의 겨울로, 지금으로부터 대략 7년 전이었다. 그때 나는 절친한 친구와 함께 오키나와로 배낭 여행을 갔었는데, 나하 시의 적당히 규모가 있는 서점에서 이 책을 발견하고 읽어 보지 않은 소설이라서 재미있겠다는 생각을 하고 집어 들었다. 내가 책을 구매한 시점에 이미 몇 권의 소설이 한국어로 번역되어 있었다. 2006년에 마이조 오타로의 데뷔작 『연기, 흙 혹은 먹이』가 출판되었고 민음사의 장르문학 임프린트인 황금가지에서 2007년

에 『아수라 걸』을 출판했다. 이 책을 온전한 상태로 구할 수 있는 사람이라면 알 수 있는 사실이 있다. 바로 『아수라 걸』이 미시마 유키오 상을 수상했다는 것이다. 그리고 미시마 유키오 상 만큼이나 권위가 있는, 우리에게도 익숙한 아쿠타가와 상의 후보에 올라간 소설 『좋아 좋아 너무 좋아 정말 사랑해』가 향연에서 2006년에 출판되었다.

위의 번역된 작품들을 보면 알 수 있는 것은, 마이조 오타로의 소설들이 주로 2006~2007년에 출판되었다는 것이다. 여기에는 한국문학 출판사가 일본문학을 수용한 역사가 숨겨져 있는데, 예를 들면 2000년대 초반에 고단샤(講談社)에서 내는 문학 잡지 《파우스트》를 한국어로 '통째로' 번역해서 출판한 적이 있고, 당시 라이트 노벨의 불모지 한국에 수많은 재능 넘치는 작가의 작품들이 유입되었다. '모노가타리 시리즈'로 유명한 니시오 이신이나 『수몰 피아노』, 『플리커 스타일』 등으로 유명한 사토 유야, 그리고 마이조 오타로 등이 한국어판 《파우스트》의 번역으로 처음 소개되었다. 하지만 일본의 작가들이 한국문학의 번역 분과 안으로 편입되는 과정이 그렇게 순탄하지는 않았다. 니시오 이신이나, '스즈미야 하루히 시리즈'를 쓴 타니가와 나가루 등이 국내 라이트노벨 레이블에서 꾸준히 발매되며 대중의 인기를 얻은 것과는 대조적으로, 메피스토 상을 수상한 뒤에 본격적으로 '순문학'의 세계에 발을 들이게 된 사토 유야와 마이조 오타로는 한국어 번역으로 소개되기는 했어도, 출판사가 예상한 것보다 인기를 얻지는 못했다.

이것을 어떻게 객관적으로 평가할지는 아직 충분한 시간이 흐르지 않았으니 딱 집어서 이야기할 수는 없지만서도, 한 가지 특징을 말하자면, 한국의 순문학 수용층과 대중문학과 라이트노벨 수용층이 서로 교집합을 갖지 않는 완전히 분리된 독자층이라는 점을 지적할 수 있다. 이를테면 일본의 문학 수요가 순문학 또는 장르문학으로 구분되어 있지만 그 사이를 메우는 중간적인 수용자가 존재하는 것과는 다르게, 매우 특이하게도 한국은 둘 사이의 교차점이 전혀 존재하지 않는다. 한국 순문학은 몇몇 작가와 평론가를 중심으로 독자적으로 운영되고 있으며 그에 반해 웹소설과 라이트노벨은 좀 더 다양한 작가들과 (평론가의 지위를 대신해서) 애독자를 중심으로 독립적으로 운영되고 있다. 이런 상황은 '순문학과 장르문학'을 마치 토끼처럼 왔다 갔다 하는 작가에게는 그리 달갑지 않다. 그렇다. 둘 사이를 『이상한 나라의 앨리스』에 나오는 토끼처럼 오가고 있는 대표적인 작가가 바로 마이조 오타로다.

나하 시의 서점에서 표지와 제목, 작가 이름을 확인하고 무심결에 집어 든 『인간의 제로는 뼈』는 읽으면 읽을수록 나를 사로잡고 페이지를 넘기는 손을 멈추지 못하게 했다. 그만큼 이 소설은 흥미로운 소설이었고 정말 재미있었다. 다만 이 소설은 마이조 오타로가 기존에 써왔던 미스터리와 탐정소설들, 예컨대 『연기, 흙 혹은 먹이』나 『아수라 걸』, 『곰의 장소』와 『디스코 탐정 수요일』(뒤쪽의 둘은 미번역 작품)과는 방향성이 제법 달랐다. 기존에 써 오던 작풍에서 살짝 벗어나서 소위 '순문학'으로 장르를 뛰어넘었다는 것을 알 수 있었다.

『인간의 제로는 뼈』의 주인공 히로타니 카오리는 어디서나 볼 수 있는 평범한 여자 중학생으로, 부모님이 이혼해서 엄마와 동생과 살고 있다는 점을 제외한다면 지극히 일반적인 삶을 살고 있다. 소설은 크게 보아 카오리의 중학 시절부터, 대학원을 졸업하고 임상심리사로 일하는 15년 간의 부분적인 인생을 서술하고 있으며, 이 사이에 특별한 사건이나 충격적인 일들이 몇 차례 벌어지기는 하지만 귀신이나 괴물이 나오는 것도 아니고 살인 사건을 추리하는 명탐정이 등장하는 것도 아니다. (이는 탐정을 작중에 자주 등장시키는 작가의 작풍을 생각하면 이질적이다.) 오히려 화자인 히로타니 카오리는 1인칭 단수 시점으로 '나(私)'의 인생을 담담하게 서술해 나간다. 그것이 작품에 독특한 맛을 부여하는 중요한 이유는 마이조 오타로가 이 작품에서 구사하는 독특한 문체에 기인한다.

한국에서는 가장 유명할 일본의 문학자 무라카미 하루키는 가와카미 미에코와의 대담에서 "문체는 마음의 창이다.(Style is the index of mind.)"라고 말한 바 있다. 무라카미 하루키가 여기서 강조하고자 했던 포인트는 문체에서 그것을 쓰는 작가의 인격이나 독특한 캐릭터가 드러나기 때문에 아마도 문체만큼 중요한 요소가 없다는 말이라고 생각된다. 만약 독자가 하루키의 이러한 관

점을 받아들인다면, 마이조 오타로가 구사하는 신출귀
몰한, 마치 고속도로를 브레이크 없이 달려가는 듯한 문
체는 '마이조 오타로'라는 인간을 그대로 드러낸다고 볼
수 있다. 비록 안타깝게도 마이조 오타로는 복면 작가로
자신의 출신 지역(후쿠이 현)과 생년을 제외하면 그 밖의
모든 정보를 철저하게 함구하고 있지만 우리는 문체를
통해서 그(녀)의 인생을 엿볼 수 있다. 그렇게 엿보는 동
안 독자에게 주어지는 정보는 의외로 해상도가 높다.

　그가 톰 존스의 소설을 몇 편 번역했고 미국문학의
영향을 받았다는 것을 고려한다면 그에게 영향을 끼친
전통을 추측할 수 있을 것이다. 일본에서 마이조 오타로
에 대한 비평으로 유명한 문학 연구자 후쿠시마 료타는
계간지《문예》2013년 여름호에 쓴 글에서, 마이조 오타
로가 20세기 중후반의 미국 순문학으로부터 받은 영향
에 대해 홀로 세계를 탐구해 나가는 1인칭의 탐구 문학
이라고 정의한 적이 있다. 후쿠시마 료타의 정의는 마이
조 오타로의 작품 세계를 이해하는 데 있어서 적절할 뿐
만 아니라 독자가 가질 만한 몇 가지 궁금증을 해소해
주기도 한다.『인간의 제로는 뼈』를 히로타니 카오리라

는 화자가 성장함에 따라 점점 확장되어 나가는 세계를 탐구하고, 남동생 토모노리의 트러블을 해결해 나가면서 자아를 탐구하는 성장소설로 해석한다면, 마지막에 가서 카오리가 자신의 경험을 정리하는 의미에서 소설 『뼈』를 완성하고 그것을 서랍에 집어넣는 것도 이해할 수 있다. 그녀는 세계와 자신의 접면에서 이야기를 발견하고 그 이야기를 가감 없이 소설로 쓰게 된다.

나는 원고지로 260매 정도 되는 소설을 완성한다. '뼈'라는 제목을 붙인다.

처음 쓴 소설이라서 나는 얼마 동안 흥분한다.

예전에 만화를 그리고자 했을 때는 도저히 스토리를 떠올릴 수가 없었는데 이렇게 한 편의 이야기를 쓰기 시작해서 완성하는 일이 가능하다니!

그러나 나는 소설을 누구에게도 보여주지 않겠다고 생각한다.

(……) 그렇지만 나는 완성한 소설을 완전히 삭제하는 짓도 못하고 한 부를 인쇄한 뒤 데이터를 지운다. 종이 원고는 파일 케이스에 넣어 본가 2층의

서랍장으로 들고 간다. 오래 전에 구한 만화 세트와 낡은 일러스트 케이스들 위에 소설을 올려 두고는 서랍장을 닫는다.(276~277쪽)

그럼에도 불구하고 이 작품이 '마음의 창으로서 문체'와 '탐구의 문학'이라는 문학평론의 관점을 탑재하면 곧바로 이해될 만한 간단한 소설은 아니다. 또한『인간의 제로는 뼈』가 아쿠타가와 상 후보로 올라갔을 때 공교롭게도 상의 심사위원을 맡고 있던 이시하라 신타로가 불평한 것처럼, 36포인트로 강조한 "기분 나빠!"(252쪽)가 있다고 해서 소설의 내재적인 가치를 평가절하당할 정도로 가벼운 소설도 아니다. (이시하라 신타로는 마이조 오타로의 소설을 별로 좋아하지 않는 듯하다. 선평에서 그는 이렇게 말했다. "종반에서 일반 활자보다 네 배는 큰 가타카나 표기의 무의미함은 작가가 언어를 다루는 미숙함을 노정하고 있을 뿐이다.")『인간의 제로는 뼈』가 가볍고 간단하고 만만한 소설이 아닌 이유를 설명해 보라고 하면 수많은 예를 들어서 설명할 수도 있겠지만, 예를 들어 가며 이것저것 전부 설명하기보다는 마지막 문장을 예로 들어 설명하는 편이 좋을 것 같다. 소설의 끝에서, 몇 년 동안 미뤄져 온 어머니의 재혼에 따른 두 번째 결혼식을 앞두고 히로타니 카오리는 자신의 깨달음을 고백한다.

인간의 제로는 뼈인 것이다, 다시금 생각한다.

그것에 살점과 이야기를 덧붙여 간다. 역사와 기억과 상상과 망상과 기원과 바람과 연상과 창조. 이야기를 이야기가 먹어 치우기도 하고 가끔 예상치 못한 비약도 발생한다.

(……)

그렇지만 동생이여, 그건 이야기니까 자신 혹은 타인에 의한 날조의 가능성도 있는 거란다.

그리고 가능성은 나도 엄마도 아빠도 즉, 모든 사람들이 가지고 있는 것이다.

어머니의 결혼식이 바로 앞으로 다가와서, 나는 결혼식 당일에 입을 드레스를 고르지 않았구만 이런, 어떻게 하면 좋을지 고민한다. 복장이나 의상이나, 사실은 저 말이죠, 스스로의 센스가 그저 그렇다는 느낌이 든답니다.(277~278쪽)

인간의 이야기를 인상적인 첫 장면에서부터 출발해서 끝에 가서는 자기 자신으로 돌아오는 하나의 원환이라고 한다면, 히로타니 카오리는 스스로를 서술하는 원환의 운동을 거쳐서 다시 '나'라는 원점으로 돌아오게 된다. 원환의 운동을 거친 '나'는 아무것도 변한 게 없는 동일한 나 자신처럼 보이지만 사실은 정반대이다. 이 '나'는 그야말로 모든 것이 변했음을 깨닫는다. 그리고 자신의 삶을 사후적으로 되돌아 보는 관점을 획득한 다음 카오리는 스스로의 '이야기'에 자신이 없다는 듯이 이렇게 말함으로써, 우리가 항상 자명하게만 여겨 왔던 사소설이 우리가 이해하는 것만큼 자명하지 않을 수도 있다는 사실을 암시한다.

　　"복장이나 의상이나, 사실은 저 말이죠, 스스로의 센스가 그저 그렇다는 느낌이 든답니다."

　　삶을 자랑하고 내세우거나 강조하거나 호소하지 않으면서 '나'라는 인간의 인생을 서술하기 위해, 오직 그러한 깨달음을 위해, 히로타니 카오리는 15년이라는 긴 시간을 필요로 한 것이 아닐까, 그런 생각이 든다. 이것은 카오리라는 화자에게만 해당하는 이야기가 아니다.

이 책을 집어 들어 읽게 되는 모든 사람들에게 보편적으로 해당되는 이야기일 것이다. 부디 『인간의 제로는 뼈』가 아직 자신의 이야기를 찾지 못한 독자에게 전해져 몇 번이고 되풀이해서 읽히기를 소망한다.

참고문헌

무라카미 하루키·가와카미 미에코 저, 홍은주 역, 『수리부엉이는 황혼에 날아오른다』(문학동네, 2018).

후쿠시마 료타, 「탐구의 문학 ― 마이조 오타로론(探求の文学 ― 舞城王太郎論)」, 《文藝》 2013년 여름호, 66~78쪽.

제142회 2009년 하반기 아쿠타가와상 선평.(https://prizesworld.com/akutagawa/senpyo/senpyo142.htm)

추천의 말

박솔뫼(소설가)

　오래전 언젠가 방에 누워 이런저런 생각을 하다 지나가다 들은 게 다인 어떤 일을 완전히 이해했다고 느낀 적이 있었다. 본 적도 없는 사람을 잘 알고 있다고 느끼기도 하고 어떨 때는 샤워를 하다 문득 또 어떨 때는 은행에서 차례를 기다리다 아 그게 그런 일이구나 하고 깨닫기도 한다. 그런 깨달음이 진짜인지 가짜인지는 모르겠고 사실 진위에는 관심이 없지만 그 순간 나에게 꼭 필요했던 장면이라고 지금은 생각한다. 이런 경험이 이제는 자주 일어나지 않지만 그때의 나와 지금 내가 크게 다른 것 같지는 않다. 소설 속 중학교 1학년의 카오리와 대학원을 마치고 회사에 다니는 카오리 역시 크게 달라지지는 않았다. 의식하지 않으면 긴 시간이 흘렀다는 것을 종종 잊을 정도로 말이다. 다만 '이야기'로써 경험해 버린 것들을 지나 여러 사건과 감정을 경험하며 어떤 '이야기'를 만들게 되었다는 것. 그 시간을 통해 자기 자신을 어느 정도는 이해하고 마주하게 된 것이 카오리에게 일어난 변화라면 변화일 것이다.

마이조 오타로가 여러 소설을 통해 보여 주는 '그러니까 내가 만든 이야기가 진짜야'라는 외침을 나는 완전히 지지한다. 나도 그런 사람이기 때문이고 너무나 언제나 정말로 그런 마음이기 때문이다. 이 소설은 그런 외침의 조금 다른 버전인데 좀 더 차분하게 책상에 앉아 그러니까 이게 진짜라고 말하고 있다. 나도 맞은편 책상에 앉아 노트북으로 일을 하다 고개를 들고 어 나도 그런 생각밖에 안 해라고 말하고 다시 하던 일을 한다. 그리고 하던 일을 마치면 노트북 가방을 챙겨 문을 열고 나와 기차가 지나가는 것을 보며 언젠가의 새벽에 기찻길을 봤던 것을 떠올리게 되겠지. 어느새 어두워진 초저녁 거리의 냄새를 맡으면서 예전에 본 기찻길을 생생하게 그려 낼 수 있을 것이다.

한 가지 덧붙이면 화자인 카오리가 36포인트 사이즈로 기분 나쁘다고 외칠 때처럼 크게 짜증 나!라고 두어 번 외치게 되는 소설이기도 하다. 카오리의 짜증 나는 관점과 잘 대결해 보고 싶다. 어떨 때는 이 기분을 잘 설명할 수 있지만 어떨 때는 아 그런가 하고 넘어가다가 역시 이상해 생각하게 된다. 그 지점을 포함하여 여러 방식으로 대면하고 같이 달려 나가게 되는 소설이다. 그렇게 잘 뛰고 나서 천천히 걸으며 집으로 돌아오고 싶다.

1판 1쇄 찍음 2022년 11월 18일
1판 1쇄 펴냄 2022년 11월 25일

지은이   마이조 오타로
옮긴이   정민재
발행인   박근섭·박상준
펴낸곳   (주)민음사

인간의 제로는 뼈

출판등록   1966. 5. 19. 제16-490호
서울시 강남구 도산대로 1길 62(신사동)
강남출판문화센터 5층(06027)
대표전화   02-515-2000
팩시밀리   02-515-2007
홈페이지   www.minumsa.com

한국어판   ⓒ(주)민음사, 2022 Printed in Seoul, Korea

ISBN   978-89-374-2743-5 (03830)